山海异闻

古书里走出来的动物们

严修 编著

山西出版传媒集团

山西人民出版社

图书在版编目（CIP）数据

山海异闻：古书里走出来的动物们 / 严修编著. --
太原：山西人民出版社，2022.7
ISBN 978-7-203-10671-5

Ⅰ. ①山… Ⅱ. ①严… Ⅲ. ①故事—作品集—中国
Ⅳ. ① 1247.8

中国版本图书馆 CIP 数据核字（2021）第 271242 号

山海异闻：古书里走出来的动物们

著　　者：严　修
责任编辑：孔庆萍
复　　审：赵虹霞
终　　审：秦继华
装帧设计：谢　成　冀小利

出 版 者：山西出版传媒集团·山西人民出版社
地　　址：太原市建设南路 21 号
邮　　编：030012
发行营销：0351—4922220　4955996　4956039　4922127（传真）
天猫官网：https://sxrmcbs.tmall.com　电话：0351—4922159
E—mail：sxskcb@163.com　发行部
　　　　　sxskcb@126.com　总编室
网　　址：www.sxskcb.com

经 销 者：山西出版传媒集团·山西人民出版社
承 印 者：唐山富达印务有限公司

开　　本：710mm×1000mm　　1/16
印　　张：16.25
字　　数：202 千字
版　　次：2022 年 7 月　第 1 版
印　　次：2022 年 7 月　第 1 次印刷
书　　号：ISBN 978-7-203-10671-5
定　　价：98.00 元

如有印装质量问题请与本社联系调换

前 言

劝君莫打枝头鸟，子在巢中望母归。

——白居易《鸟》

　　人与动物长期共存，和谐共处，是大自然的精心安排，这是天道。中国古代先贤早就明白了这个道理，在他们的诗文中，虽然还没有环境保护、生态平衡之类现代意识，但对动物却有天良、爱心、友善、仁慈、恻隐之心之类的人文情怀和道德观念。

　　古人常常把动物视为心灵相契的伙伴，当作是自己的影子或化身，用比喻、隐射等方式，在它们身上寄托自己的思想感情。

　　东汉时，杨修被曹操杀害后，其父杨彪悲伤思念，十分憔悴。曹操问杨彪："公何瘦之甚？"杨彪回答："犹怀老牛舐犊之爱。"杨彪用"老牛舐犊"比喻父母对子女的深情厚爱，十分贴切感人。（见《后汉书·杨彪列传》）

　　《庄子·秋水》中有个故事：惠子在梁国做宰相，庄子前去拜访。有人对惠子说："庄子来，是想夺取你的相位。"惠子十分惊恐，接连三天三夜在全国搜捕庄子。庄子主动去见惠子，说："南方有一种鸟，名叫鹓鶵（即凤凰），你知道吗？鹓鶵从南海飞往北海，在途中，不是梧桐不息，不是竹实不吃，不是甘泉不饮。这时有一只猫头鹰正抓着腐烂的老鼠，看见鹓雏飞过，就抬头大叫：'吓！'现在你想用你的梁国来吓我吗？"这个寓言故事很精彩，庄子以高洁的鹓雏自比，以心胸狭隘、鼠目寸光的猫头鹰隐射惠子。

在古代诗歌中，诗人也常以动物来作比喻，实际上是在暗喻自己。如：

"鸾鸟凤凰，日以远兮。燕雀乌鹊，巢堂坛兮。"（战国·屈原《涉江》）

"老骥伏枥，志在千里；烈士暮年，壮心不已。"（东汉·曹操《龟虽寿》）

"云无心以出岫，鸟倦飞而知还。"（东晋·陶渊明《归去来兮辞》）

"春蚕到死丝方尽，蜡炬成灰泪始干。"（唐·李商隐《无题》）

诗中的鸾鸟、凤凰、老骥、倦鸟、春蚕，都是诗人自况。

古人重视与动物和睦相处，认为对动物要友善关怀，而且要真诚互信，不存机诈之心，如此，双方就会成为好朋友。

本书中有一篇《虎母》，说：明代有个小女孩，失足落入虎穴，无法脱身，见穴中有两只乳虎，就与之嬉戏。虎母归来，见穴中有一女孩，大惊。但见女孩天真无邪，与乳虎相处融洽，没有歹意，也就友善相待。饥饿时，女孩就吮吸虎母乳汁，有时虎母归来，还衔着水果等食物放在女孩身边，女孩高兴得又笑又舞，虎母也很快乐。一个多月后，虎母送女孩回家，并暗中保护，使女孩免遭父母的猜疑和迫害。因为吃过虎奶，女孩长大后，既美丽，又勇敢有力。后来一位年轻将军来求婚，她出嫁后屡屡帮助丈夫建立战功。

在陆游的诗歌中，可以发现，陆游十分喜爱动物。他诗集中的诗歌标题就有《赠猫》《赠鸡》《赠鹭》《蝶》《山头鹿》《牧牛儿》等等。下面，我们一起来欣赏其中的一些诗句：

"裹盐迎得小狸奴，尽护山房万卷书。惭愧家贫策勋薄，寒无毡坐食无鱼。"（《赠猫》）

"青铜三百买乌鸡，辟地墙东为择栖。更聘一雌全物性，莫辞风雨五更啼。"（《赠鸡》）

"更喜机心无复在，沙边鸥鹭亦相亲。"（《登拟岘台》）

"雪衣飞去莫匆匆，小住滩前伴钓篷。禹庙兰亭三十里，相逢多在暮烟中。"（《赠鹭》）

"溪深不须忧，吴牛自能浮。童儿踏牛背，安稳如乘舟。"（《牧牛儿》）

读了这些诗句，仿佛进入了桃花源，众生和睦，友善相依，怡然自乐。

古人对动物的辛勤劳动和优良品质非常赞赏，对其不幸遭遇十分同情。

本书中有一篇《狮子骢》，故事说：隋文帝时大宛国进献了一匹千里马，马鬃垂地，名叫狮子骢。它早上从西京长安出发，傍晚时便可到达东都洛阳。隋末大乱，狮子骢不知流落何方。后来，唐太宗命令在全国寻找狮子骢。终于在同州的一个小县城找到了它。它已衰老，正在一家面坊拉磨，马尾已经焦黄光秃，皮肉已经溃烂穿孔，寻找它的人见状都伤感流泪。唐太宗亲自到长安东郊迎接狮子骢，并命令兽医来为狮子骢疗伤调养。后来狮子骢还生了几胎小马驹，也都是优良的千里马。故事里对狮子骢的赞美和同情，溢于言表。

宋代李纲有首诗歌叫《病牛》："耕犁千亩实万箱，力尽筋疲谁复伤？但得众生皆得饱，不辞羸病卧残阳。"诗人面对辛劳一生病卧残阳的老牛，感情很复杂，有感恩赞美，也有同情歉疚。

古人尊重动物的天性，希望它们无拘无束地自由生活。

本书中有一篇《猿儿野宾》，故事说：一只被绳索所困的顽劣猿猴，感到压抑痛苦，不断挣扎反抗，终于被人放归山林，获得了自由，解放了天性，后来竟然成了猿群的首领。有一次与旧时主人相遇，两情依依，非常感人。

下面再看几首论及鹰、猿和画眉的诗歌：

"雪爪星眸世所稀，摩天专待振毛衣。虞人莫谩张罗网，未肯平原浅草飞。"（唐·高越《咏鹰》）

"天边心胆架头身，欲拟飞腾未有因。万里碧霄终一去，不知谁是解绦人。"（唐·崔铉《咏架上鹰》）

"放尔千山万水身，野泉晴树好为邻。啼时莫近潇湘岸，明月孤舟有旅人。"（唐·吉师老《放猿》）

"百啭千声随意移，山花红紫树高低。始知锁向金笼听，不及林间自在啼。"（宋·欧阳修《画眉鸟》）

古人珍惜动物生命，反对残忍地对待动物，反对滥捕滥杀。

孟子说过："恻隐之心，人皆有之。"（《告子上》）"君子之于禽兽也，见其生，不忍见其死。""数罟不入洿池，鱼鳖不可胜食也；斧斤以时入山林，材木不可胜用也。"（《梁惠王上》）

本书中的《牛犊复仇》《牛知恩怨》《屠驴》《某夫人喜食猫》等文章，都是讲残杀动物的人受天谴、遭报应的故事，好杀者应引以为戒。这几篇都是反面案例，下面再讲一些珍惜动物生命的正面案例。

《史记·殷本纪》里有一个故事：一次商汤外出，看见田野里一个猎人四面张设罗网，捕捉飞禽走兽。商汤劝导猎人说："啊呀！这样会使禽兽灭绝的，还是仁慈一些吧！"猎人听从劝告，撤除了三面罗网。诸侯们听到后，都赞美商汤品德高尚，恩泽已经覆盖到禽兽。后来，大家拥戴商汤推翻了暴君夏桀。范仲淹曾称颂商汤曰："惟开三面者，盛德播弦匏。"（《观猎》）的确，人们在利用野生动物资源时，要具有可持续发展的观念，不能破坏种群的平衡和绵延。

《韩非子·说林上》里，也有一个爱惜动物的有趣故事：鲁国大臣孟孙氏打猎，捉到一只小鹿，叫部下秦西巴先行押送回家。母鹿一路跟随，不断哀啼，秦西巴不忍心，就把小鹿归还给母鹿。孟孙氏回来后，要小鹿，秦西巴说："我不忍心，把小鹿归还给它妈妈了。"孟孙氏大怒，把秦西巴赶走了。过了三个月，孟孙氏又把秦西巴招了回来，并请他做儿子的师傅。有人问孟孙氏："先前罪罚他，今天又请回来做公子的师傅，是何道理？"孟孙氏说："他对小鹿都那么仁慈疼爱，何况对我的儿子呢！"

在唐代诗歌中有许多珍惜动物生命的诗篇，放生活动成为众人赞美的社会风尚。如：

"猎人箭底求伤雁，钓户竿头乞活鱼。"（唐·王建《寄旧山僧》）

"我非好鹅癖，尔乏鸣雁姿。安得免沸鼎，澹然游清池。见生不忍食，深情固在斯。能自远飞去，无念稻粱为。"（唐·吕温《道州北池放鹅》）

"万峰围绕一峰深，向此长修苦行心。自扫雪中归鹿迹，天明恐被猎人寻。"（唐·陆龟蒙《头陀僧》）

宋代也盛行放生，诗人秦观曾从猎人手中买下兔子，放归山林。（见《和裴仲谟放兔行》）诗人郑伯英曾从渔夫手中买下乌龟，放归池塘。（见《放龟》）苏轼对"鞍挂雉兔肩分麂""燎毛燔肉不暇割"的捕猎现象看不惯，不赞成。为了应酬，不得已参加围猎活动时，也是手下留情，放开禽兽生路。"吾兄善射久无敌，是日敛手称不能。"（苏辙《和子瞻竹司监烧苇园因猎园下》）

《尚书·泰誓上》说："惟天地万物父母，惟人万物之灵。"人为万物之灵，是大自然的恩赐。在芸芸众生中，人类虽有优越的地位，但大自然并没有赋予人类霸凌众生的特权。相反，人类有帮助众生的责任，有爱护众生的义务。

在天道面前，在大自然面前，众生是平等的，生命同样都是宝贵的。"以道观之，物无贵贱。"（《庄子·秋水》）"谁道群生性命微，一般骨肉一般皮。"（白居易《鸟》）

人类与动物同在蓝天下，同住地球村，命运是相连的。例如，气候变化、环境污染、抗生素滥用，就是人和动物的共同威胁。大地、天空、海洋、草原和森林，是大自然给予人类和动物的共同家园、共有财富、共享资源。人类与动物应该和谐共存，友善相处，维护好大自然的优美环境，维护好大自然的生态系统。在环境保护、生态平衡方面，人类负有重大的责任。

目录

·老虎 故事·

·鼠的 故事·

·牛的 故事·

·马的 故事·

·驴的 故事·

·骆驼 故事·

·犬的 故事·

·猫的 故事·

·猪的 故事·

·鸟的 故事·

·水族　　故事·

老虎故事

山海异闻
——古书里走出来的动物们

原文：

唐傅黄中为越州诸暨[1]县令，有部人[2]饮大醉，夜中山行，临崖而睡。忽有虎临其上而嗅之。虎须入醉人鼻中，遂[3]喷嚏声震。虎遂惊跃，便落崖。腰胯不遂[4]，为人所得。

醉中遇虎 ①

简注：

本篇选自《太平广记·朝野佥载》。

1.诸暨：今浙江省诸暨市。2.部人：部下，下级。3.遂：就，便。4.不遂：瘫痪。

今译：

唐代傅黄中担任越州诸暨县令的时候，有个部下喝酒大醉，夜里在山中行走，靠近悬崖睡着了。忽然有只老虎上前俯视着他，并嗅闻他的气味。虎须进入了醉汉的鼻孔里，醉汉便打了一个声音很响的喷嚏。老虎猛然受到惊吓跳了起来，并坠下悬崖。老虎腰胯摔坏了，动弹不得，于是被人捕获。

② 虎追樵者

原文：

有樵者山行遇虎，避入石穴中，虎亦随入。穴故[1]嵌空而缭曲，辗转内避，渐不容虎。而虎必欲搏樵者，努力强入。樵者窘迫，见旁一小窦[2]，尚足容身，遂蛇行[3]而入。不意蜿蜒数步忽睹天光，竟反出穴外。乃力运数石，窒虎退路，两穴并聚柴以焚之。虎被熏灼，吼震岩谷，不食顷[4]，死矣。

简注：

本篇选自纪昀《阅微草堂笔记》。

1. 故：原本，本来。2. 窦：洞，孔。3. 蛇行：像蛇一样行进。4. 不食顷：不到一顿饭的工夫。

今译：

有个打柴人在山中行走遇到了老虎，就躲避到石穴里面，老虎也尾随进来。石穴原本就有空隙而且缭绕曲折，打柴人辗转向里逃避，渐渐容纳不下老虎。而老虎一定要搏取到打柴人，就努力强行向里钻。打柴人十分紧急为难，看见旁边有一个小洞，还能容纳进身体，就像蛇一样贴地爬进去。想不到爬行几步以后忽然看见了天空的光亮，竟然反身爬到石穴的外面。于是就用力搬运几块石头，堵塞了老虎的退路，在石穴两端同时堆柴焚烧，老虎被熏烧后，吼声震动山谷，不到一顿饭工夫就死了。

原文：

里有入山樵采者，见一美妇隔涧行，衣饰华丽，不似村妆。心知为魅[1]，伏丛薄[2]中觇[3]所往。适一鹿引[4]下涧饮，妇见之，突扑地化为虎，衣饰委[5]地如蝉蜕，径[6]搏二鹿食之。斯须[7]仍化美妇，整顿衣饰，款款[8]循[9]山去。临流照影，妖媚横生[10]，几忘其曾为虎也。

简注：

本篇选自纪昀《阅微草堂笔记》。

1．魅（mèi）：传说中的鬼怪。2．丛薄：草木丛生的地方。聚木曰丛，深草曰薄。3．觇（chān）：窥视，察看。4．麑（ní）：小鹿。5．委：丢弃。6．径：直接前往，不绕道，不耽搁。7．斯须：顷刻间，一会儿。8．款款：徐缓、从容的样子。9．循：沿着，顺着。10．横生：流露、洋溢。

今译：

乡里有个进山砍柴的人，看见一个美丽的女子在山溪那边行走，衣服装饰非常华丽，不像农村妇女的打扮。砍柴人心里明白她是个鬼怪，就潜伏在草木丛中窥探她往哪儿去。正好有一只鹿领着小鹿走下山溪饮水，那个女人看到后，突然扑在地上变化成为老虎，衣服装饰丢弃在地上就像知了脱下的壳，直接扑过去捕获大小二鹿并把它们吃掉了。顷刻间仍旧变成美妇人，整理好衣服装饰后，缓慢从容地顺着山路离去。美妇走到山溪边，对着溪水观看自己的倒影，尽显妖艳妩媚，几乎忘记了自己曾经是只猛虎。

原文：

闻李太公敬一言：某公在沈阳[1]，宴集山颠。俯瞰山下，有虎衔物来，以爪穴地[2]，瘗[3]之而去。使人探所瘗，得死鹿。乃取鹿而虚掩其穴。少间，虎导一黑兽[4]至，毛长数寸。虎前驱，若邀尊客。既至穴，兽眈眈[5]蹲伺[6]。虎探穴失鹿，战伏不敢少动。兽怒其诳[7]，以爪击虎额，虎立毙。兽亦径去。

黑兽

简注：

本篇选自蒲松龄《聊斋志异》。

1.沈阳：今辽宁沈阳市。2.以爪穴地：用脚爪刨地挖坑。穴，此处作动词用。3.瘗（yì）：埋藏，掩埋。4.黑兽：黑兽是什么动物？蒲松龄说："兽不知何名。"有研究者认为："此物疑是駮，见《山海经》。"按，《山海经·西山经》中确实提到："中曲之山……有兽焉，……其名曰駮，是食虎豹。"但是，文中又说："其状如马而白身黑尾。""白身"而称"黑兽"，似乎不太合理。而且，能食虎的也不止駮。据李时珍《本草纲目》说："狮、駮、酋耳、黄腰、渠搜能食虎。""酋耳似虎绝大，不食生物，见虎豹即杀之。""黄腰兽鼬身狸首，长则食母，形虽小而能食虎及牛、鹿也。""渠搜，西戎露犬也，能食虎豹。一云犴（àn），胡犬也，能逐虎。"这种渠搜，也许就是藏獒之类的猛犬。由此可见，说"黑兽"就是"駮"，说服力还不够，暂且存疑。5.眈（dān）眈：目光注视的样子。6.伺（sì）：观察，守候。7.诳（kuáng）：欺骗，谎言。

今译：

听李敬一老太爷说：某人在沈阳，有一次在山头上宴请宾客。俯看山下，有一只老虎衔着东西过来，用脚爪刨地挖坑，埋藏好东西就走了。某人派手下去探看所埋何物，得到一只死鹿。就取走死鹿，仍旧用泥土把坑穴虚掩好。不一会儿，老虎引导一头黑兽到来，黑兽的毛有几寸长。老虎在前面领路，好像邀请贵宾。到了洞穴前，黑兽目光专注地蹲在一旁等候着。老虎将脚爪伸进洞穴一探，发觉死鹿没有了，吓得浑身颤抖，伏在地上不敢稍微动一下。黑兽十分愤怒，认为老虎在欺骗它，就用爪子猛击老虎前额，老虎立即毙命。黑兽也自行离去。

原文：

虎钓

虎尾，其气腥以膻[1]。饥，辄[2]垂尾江边，饵鱼为食。鲦鳊[3]鳏[4]鲤，各种大鱼，多为所钓。岳州城故滨江，日有虎垂尾饵鱼。适有大鼋[5]过，闻其腥膻，遽衔其尾。虎痛甚，急耸身一跃，堕城堞齿间，虎在堞内，鼋在堞外，如负担然。虎痛，尾愈摆，鼋之持之也愈固。天明，有人过城下，见而两得之。以鼋擒虎有功，遂杀虎而舁[6]鼋纵于江。

简注：

本篇选自许奉恩《里乘》。

1. 腥以膻：又腥又膻。"以"相当于"而"。2. 辄（zhé）：便，就。3. 鳊（cháng）：又名黄鳊鱼、黄颊鱼。4. 鳏（yǎn）：又名鲇（nián）鱼。5. 鼋（yuán）：生活在水中的爬行动物，体大，背甲近圆形，腹面、前肢外缘和蹼均呈白色。现属国家一级保护动物。6. 舁（yú）：扛抬，装载。

今译：

虎尾巴的气味又腥又膻。老虎饥饿的时候，就在江边垂下尾巴，钓鱼当食物。鲦鳊鳏鲤，各种大鱼，多被它钓了上来。岳州城本来就靠着长江，每天都有老虎在江边垂着尾巴钓鱼。正好有一只大鼋经过，闻到虎尾的腥膻气味，猛然咬住了老虎尾巴。老虎痛得厉害，急忙纵身一跳，坠落在城墙堞齿中间，老虎在堞齿里面，大鼋在堞齿外面，就像挑着一副担子一样。老虎疼痛，尾巴越摆动，大鼋就咬得越牢固。天亮后，有人经过城下，看见了，就把老虎和大鼋两个都捕获住。因为大鼋擒虎有功劳，于是就杀死老虎，而把大鼋放回到江中。

脱身虎口

原文：

旧商山[1]路多有鸷兽[2]害其行旅，适有骡群早行，天未平晓，群骡或惊骇。俄有一虎自丛薄中跃出，攫一夫而去。其同群者莫敢回顾。迨[3]至食时，闻遭攫者却赶来相及。众人谓其已碎于铦牙[4]，莫不惊异，竞闻其由。

徐曰："某初衔至路左岩崖之上，前有万仞[5]清溪，溪南有洞，洞口有小虎子数枚[6]顾望其母，忻忻然[7]若有所待。其虎置某崖侧，略[8]不损伤。而面其溪洞叫吼，以呼其子。某因便潜伸脚于虎背，尽力一踏，其虎失脚，堕于深洞，不可复登。是以脱身而至此。"

其兽盖欲生致此人，按演[9]诸子，是以不伤。真可谓脱身虎口，危哉危哉！

简注：

本篇选自《太平广记·玉堂闲话》。

1. 商山：又名商阪、楚山，在今陕西商洛市东南。2. 鸷兽：猛兽。鸷本指鹰、雕之类凶猛的鸟类，由名词引申为形容词"凶猛"。3. 迨（dài）：等到。4. 铦（xiān）牙：锋利的牙齿。5. 仞（rèn）：古时八尺或七尺称一仞。6. 数枚：几个。7. 忻忻然：快乐的样子。"忻"

同"欣"。8.略：与否定副词连用，表示否定，意即"全没有"。9.按演：教练，演练。

今译：

过去商山的路上常有凶猛的野兽残害行人，恰好有一群商贩赶着骡队早上赶路，那时天还没有大亮，骡群中忽然骚动惊恐起来。突然间有一只老虎从草木丛中跳出抓了一个人就跑掉了。同伴们都不敢回头看。等到要吃饭的时候，听见那个被老虎抓走的人赶上来相聚了。大家原以为，他已被老虎锋利的牙齿咬得粉碎，现在没有人不感到惊奇，争着要听他讲事情的经过。

那人慢慢说道："我最初被衔到路左边的山崖上，前面有一条长长的清澈山溪，山溪南面有个山洞，洞口有几只小虎望着它们的妈妈，很快活的样子，好像有什么期待。那老虎把我放在山崖旁边，完全没有伤害我。它面对山洞吼叫，用来呼唤几只小虎。我就趁机暗暗伸出脚来，对准虎背，拼命一蹬，那老虎一失脚就落下深涧，再也爬不上来。因此我才能脱身来到这里。"

那老虎大概想抓取这个活人，来教练它的孩子们，所以没有伤害此人。这真可以称得上是脱身于虎口，危险啊，危险啊！

原文：

7

僧虎

袁州[1]山中，有一村院僧忘其法名。偶得一虎皮，戏被于身，摇尾掉头，颇克[2]肖之。或于道旁戏，乡人皆惧而返走，至有遗其所携之物者，僧得之喜。潜于要冲，伺往来有负贩者，欸[3]自草中跃出，昂然虎也，皆弃

所赉[4]而奔。每蒙皮而出，常有所获。自以得计，时时为之。

忽一日被之，觉其衣着于体，及伏草中良久，试暂脱之，万方皆不能脱。自视其手足虎也，爪牙虎也，乃近水照之，头耳眉目、口鼻尾毛皆虎矣，非人也。心又乐于草间，遂捕狐兔以食之，拿攫饮啖，皆虎也。是后常与同类游处。复为鬼神所役使，夜则往来于山中，寒暑雨雪不得休息，甚厌苦之。形骸虽虎，而心历历然人也，但不能言耳。

周岁余，一旦馁甚，求无所得，乃潜伏道旁。忽一人过于前遂跃而噬之。既死，将分裂而食。细视之，一衲僧[5]也。心自惟曰："我本人也，幸而为僧，不能守禁戒，求出轮回[6]，自为不善，活变为虎。业[7]力之大，无有是者。今又杀僧以充肠，地狱安容我哉！我宁馁死，弗重其罪也。"因仰天大号，声未绝，忽然皮落如脱衣状。自视其身，一裸僧也。奔旧院，院已荒废。乃用草遮身，投于俗家，得破衣数件，走于邻境佛寺。

简注：

本篇选自《太平广记·高僧传》。

1. 袁州：在今江西新余市以西袁水流域。2. 克：能够。3. 欻（xū）：忽然。4. 赉（jī）：拿东西送人。由动词引申为名词，指送人的东西。5. 衲僧：穿着百衲衣的和尚。6. 轮回：佛教用语，指有生命的东西永远像车轮运转一样，在天堂、地狱、人间等六个范围内循环转化，即所谓"六道轮回"。7. 业：

佛教称一切行为、语言、思想为业，分别叫作身业、口业、意业，合称三业。包括善业、恶业两面，一般专指恶业。

今译：

在袁州的山中，有一个乡村佛寺里的和尚——忘记他的名字了。他偶然得到一张虎皮，开玩笑地披在身上，转头摆尾，很像一只老虎。有一次披着虎皮在路边玩耍，村里人看到了都害怕转身逃走，甚至还有人遗留下所携带的东西，和尚得到这些东西很高兴。于是他便偷偷地潜伏在交通要道处，等到有来往的商贩出现，就突然从草丛中跳出，

仰首挺胸威武地活像真老虎，商贩们都丢弃所带的财物奔逃而去。他每次蒙着虎皮出去，常常会有收获。自认为计谋得逞，就经常干这事。

忽然有一天披上虎皮后，和尚觉得虎皮粘在身上了，等到潜伏在草丛中很久后，想把虎皮暂时脱下来，可是千方百计都脱不下来。自己看看手和脚，是老虎的手脚；看看爪和牙，是老虎的爪牙；就走近水边照照自己，脑袋、耳朵、眉毛、眼睛、嘴巴、鼻子、尾巴、皮毛都同老虎一样，不是人了。这和尚心里乐于生活在草丛中，便捕捉狐狸、野兔来吃，抓捕吃喝的各种生活方式都同老虎一样了。从此，常和其他老虎一道活动。后来又被鬼神役使，夜里就在山中往来奔波，寒冬炎夏落雨下雪都不能休息，他对此开始感到非常厌倦和痛苦。他外形虽然是老虎，而内心却明明白白地仍旧同人一样，只是不能说话罢了。

一年多后，有一天他饿得厉害，找不到东西吃，就潜伏在路边。忽见一人从眼前经过，便跳出去扑咬。行人死了，他将要把那人撕裂吞食。

仔细一看，死人是个穿百衲衣的和尚。老虎心里想："我本来是人，有幸做了和尚，但我不能遵守佛家的戒律，祈求超升轮回，自己做了不善的事，活活地变成了老虎。罪孽之大，没有比这更大了。今天又杀死和尚来充饥，地狱怎么能容纳我呀！今后我宁愿饿死，也不愿再加重我的罪孽了！"因此仰天大哭，哭声未绝，忽然虎皮脱落就像脱去衣服一样。自己看看身体，是一个赤身露体的和尚。赶忙奔回往日的佛寺，佛寺已经荒芜破败。于是就用野草遮裹身体，走到一个人家，讨到几件破衣服，然后就投奔附近的寺庙去了。

❽ 唐打猎

原文：

族兄中涵知旌德[1]县时，近城有虎暴，伤猎户数人，不能捕。邑人请曰："非聘徽州唐打猎，不能除此患也。"（休宁戴东原[2]曰："明代有唐某，甫[3]新婚而戕于虎。其妇后生一子，祝[4]之曰：'尔不能杀虎，非我子也；后世子孙如不能杀虎，亦皆非我子孙也。'故唐氏世世能捕虎。"）乃遣吏持币往。归报：唐氏选艺至精者二人，行且至。

至则一老翁，须发皓然，时咯咯作嗽；一童子十六七耳。大失望，姑命具食。老翁察中涵意不满，半跪启曰："闻此虎距城不五里，先往捕之，赐食未晚也。"遂命役导往。

役至谷口，不敢行。老翁哂[5]曰："我在，尔尚畏耶？"入谷将半，老翁顾童子曰："此畜似尚睡，汝呼之醒。"童子作虎啸声。果自林中出，径搏老翁。老翁手一短柄斧，纵八九寸，横半之，奋臂屹立。虎扑至侧首让之。虎自顶上跃过，已血流仆地。视之，自颔[6]下至尾闾[7]，皆触斧裂矣。乃厚赠遣之。

老翁自言：炼臂十年，炼目十年，其目以毛帚扫之不瞬，其臂使壮夫攀之，悬身下缒不能动。

简注：

本篇选自纪昀《阅微草堂笔记》。

1. 旌德：今皖南旌德县。2. 戴东原：清代安徽休宁人，名震，字东原，乾隆举人，曾任《四库全书》纂修官，是杰出学者。3. 甫：刚刚，方才。4. 祝：以言告神祈福，祈祷。5. 哂（shěn）：微笑，讥笑。6. 颔（hàn）：下巴。7. 尾闾：古代传说中的海水归宿之处。尾指百川之下，闾指水聚之处。引申为事物的归向。这里指尾巴根部的肛门。

今译：

我的同高祖哥哥纪中涵任旌德县县令时，城郊有虎为患，伤害了好几个猎户，没有办法捕获它。老乡建议说："除非请徽州唐打猎来，否则不能清除这个虎患。"（休宁县的戴东原说："明代有一个姓唐的人，刚刚新婚就惨死于虎口。他的妻子后来生了一个儿子，她对儿子祈祷发誓说：'你将来如果不能杀虎，就不是我的儿子；后世子孙如果不能杀虎，也都不是我的子孙！'所以唐家世世代代都能捕虎。"）于是县令纪中涵就派遣下属带着财礼前往

邀请。下属回来报告说，唐家选派了两个武艺高强的人，马上就到。

　　不久，来了一个老头，胡须头发雪白，时常咯咯地咳嗽；还来了一个孩子，约有十六七岁罢了。纪中涵大为失望，姑且下令用酒食款待。老头觉察到县令纪中涵意有不满，便半跪启禀道："听说这虎离城不到五里，先去捕捉它，然后再赏赐酒食也不迟。"县令就命令衙役引导前往。

　　衙役到了山谷口，就不敢前行。老头微笑说："有我在这里，你还用怕老虎吗？"进入山谷将近一半，老头回头对那孩子说："这畜生好像还在睡觉，你把它唤醒。"孩子便发出虎啸声。果然老虎从树林中出来了，直接向老头扑去。老头握着一把短柄斧，长有八九寸，宽有四五寸，用力举臂挺立着。老虎扑来时，老头扭转一下头稍作避让。老虎从头顶上跃过后，就已血流不止，扑倒在地。仔细一瞧，老虎从下巴下面直到尾部肛门，都因接触斧刃而破裂了。于是县令纪中涵就厚赠礼物，把老头唐打猎送回去。

　　据老头唐打猎自己说，他锻炼臂膀十年，锻炼眼睛十年，他的眼睛即使用鸡毛帚扫过也不会眨眼，他的臂膀即使让健壮的汉子攀爬、吊起身子下坠也不能动摇。

---

⑨

童子救母

原文：

　　童子刘某，浙江遂安人，年十四，薪采以养母。一日自山中归，且行且歌。邻人奔告曰："虎衔尔母去，犹歌邪？"童子大惊，弃薪而归。荷铁叉以出走，逐虎及之，以叉籍[1]其后。虎怒，释母还噬童子，张其口呀呀然。童子舂以叉，适中其腭。虎跃，童子亦跃，叉益进，贯其颐[2]。童子楮[3]叉于地，虎口不得噏[4]，两前足在空际不能用力，困甚。久之复跃，带叉而仆，童子亦仆。起，亟[5]负母归。呼邻人往视，虎则死矣。纳之官，官赐童子钱十万。其母伤不甚重，药之而愈。

简注：

本篇选自俞樾《右台仙馆笔记》。

1. 籍：通"藉"，铺，垫。这里是跟随的意思。2. 颐：面颊，腮。3. 楮（zhī）：拄，支撑。4. 噏（xī）：收敛，闭合。5. 亟：迫切，赶紧。

今译：

有个刘姓孩子，浙江遂安人。年龄十四岁，靠砍柴来奉养母亲。有一天从山上回来，一边走，一边唱。邻居跑来告诉他："老虎把你妈妈叼走了，你还唱什么呀！"孩子大吃一

惊，丢掉柴薪就往回跑。拿着铁叉出门去追老虎，快赶到了，就用铁叉紧跟在老虎后面。老虎发怒，就放下妈妈返身去咬孩子，张开大嘴呀呀地吼叫。孩子用铁叉捣它，正好刺中了老虎的上腭，老虎跳起，孩子也跳起，铁叉刺进更深，穿透了老虎面颊。孩子把铁叉支撑在地上，虎口不能开合，两只前脚在空中乱舞却使不上力气，非常困苦。过了好一会儿老虎再次跳起，带着铁叉扑倒在地上，孩子也跌倒在地。孩子迅速爬起，赶紧背起妈妈回家。呼喊邻居前去探视，老虎已经死了。就把老虎献给官府，官府赏赐给孩子十万铜钱。孩子的妈妈伤势不太严重，敷上药以后不久就好了。

虎贯

原文：

歙县南去城百里曰老竹岭，有潘姓者以猎为业。妇与幼子在家而出猎，及归，妇不见。问子，子曰："儿在门戏，一大猫至，衔母去。"潘曰："入虎口矣！"急觅之，见一股，誓寻虎而后朝食。连得数虎，意恐非食妇者。腰[1]短兵毒弩，背火枪，伺诸[2]山峡黄草之间。又十余日无影响。

一道士过，曰："子如此捉虎，虽十年不克也。"问何以故，曰："此虎从伥[3]最多，皆畏而爱之，有害处伥先报，虎即不往。"潘曰："奈何？"曰："子于深山处掘大阱，上浮土而作机，中置羊，羊饿则鸣，虎闻羊鸣必至。又必于旁设篷，凡棋子、双陆[4]、骨牌、骰子[5]之属皆备焉，庶乎可。"潘闻，如言为之。

伺三日而虎至。虎至从者如云，皆伥也。虎欲入阱，伥不可，依违[6]而退。群伥见篷底设多物，喜曰："盍观诸[7]？"前者趋，招后者；后者趋，又招其后者。各从所好，笑而欢呼，戏而忘虎矣。羊复鸣，虎扑，入落阱中。潘以强弩毙之，杀而祭其妇。破虎腹，腹有物如囊，甚坚厚，剖视皆所食之人指甲焉，不知何名。前道士至曰："此虎贯[8]也，甲满即获，所谓满盈也。"

程也园前辈歙人，曾向余言之。

简注：

本篇选自徐昆《柳崖外编》。

1.腰：这里名词活用为动词，意为在腰间挂着、带着。2.伺诸：伺之于。"诸"为"之于"的合音词。3.伥（chāng）：伥鬼。传说被老虎吃掉的人死后变成伥鬼，又专门引诱人来给老虎吃。成语有"为虎作伥"。4.双陆：又作"双六"，古代博戏，因局如棋盘，左右各有六路，故名。5.骰（tóu）子：色子。一种赌具。6.依违：反复，迟疑不决。7.盍观诸：为何不看看它呢？"盍"为"何不"的合音词，"诸"为"之乎""之于"的合音词。8.虎贯："恶贯满盈"这个成语，意为罪恶累累已到尽头。其中"贯"字，一般解释是古代穿钱的绳子。本篇中的道士却解释说，贯是虎腹中专装所食之人指甲的囊袋，囊袋中指甲装满之时，也就是老虎死亡之日。这个传说也颇有新意。

今译：

皇南歙县南面离城百里左右，有个地方叫老竹岭，有个姓潘的人以打猎为生。一次留妻子和幼儿在家，而自己独自外出打猎，回来时，妻子不见了。问儿子，儿子说："我在门口玩，一只大猫来，把妈妈叼走了。"潘猎户说："落入虎口了！"急忙寻找她，发现了一条大腿，便发誓捉到老虎后才回来吃早饭。接连捉到几只老虎，心里怕它们并不是吃他妻子的。于是在腰间带着短刀毒箭，背上火枪，潜伏在山峡枯草中间。又过去十多天，没有老虎踪影。

有一个道士经过，对潘猎户说："你这样捉虎，即使十年也不能成功。"潘猎户问什么缘故，道士说："这只老虎随从的伥鬼最多，都怕它又爱它，有危险的地方伥鬼事先就报告，老虎就不会前往。"潘猎户说："怎么办呢？"道士说："你在深山处挖个大陷阱，铺上浮土而且设好机关，中间放只羊，羊饿了就会叫，老虎听到羊叫必定来。又必须在陷阱旁边设置帐篷，一切棋子、双陆、骨牌、色子之类玩具都准备齐全放在那里，差不多就可以了。"潘猎户听后就按照道士说的去办理。

等候几天，老虎来了。老虎来到时随从众多，都是伥鬼。老虎想入陷阱，伥鬼认为不可，老虎犹豫不决最后还是后退了。这群伥鬼看见帐篷中放着许多玩具，高兴地说："何不进去看看这些东西呢？"前面的跑进，招呼后面的来；后面的跑进，又招呼更后面的来。各选所爱，嬉笑啊，欢呼啊！玩得高兴把老虎忘掉了。这时羊又鸣叫起来，老虎扑了过去，落进陷阱中。潘猎户用强弓射死老虎，杀掉老虎来祭奠妻子。破开老虎肚子，肚子里面有个东西像个口袋，很坚厚，剖开口袋一看，里面都是被吃之人的指甲，已经装满了，不知道这口袋叫什么名字。先前的道士来到说："这叫虎贯，指甲装满就要被捕获，这就是所说的满盈。"

程也园老前辈是歙县人士，曾经向我讲了上面的故事。

原文：

明季，青鲁山中，尝有虎患。有山家小女子，年十二，携斧入山，樵采以助炊。偶失足，堕入谷中，下皆落叶，得不死。然上视壁立百余仞，无阶梯，高声呼救，继以哀泣，终无应者。女视东壁有洞，内空阔若夏屋[1]。伏两乳虎，驯若猫犬。女至虎窟，愈怖。知必死，乐与乳虎嬉。

夕照堕崦嵫[2]，腥风突起，虎母归。见女，始大惊，继见女抱乳虎于怀，嘻嘻了无怖，又瞠目良久，即坐引乳虎哺。哺已，将眠，女叩拜曰："儿蒙大王怜我不杀我，尚能分乳救我饥乎？"虎凝思，又良久，颔首若肯。

女即逡巡[3]就虎食，倦即眠虎颔下。

向晨[4]，虎母舐乳虎，兼以舌轻舐女面，然后跃出。至晚归，衔果饵置女侧。女笑舞，虎母意亦甚乐。

月余，乳虎渐长成，虎母遽负之出洞。女大号。虎俯瞰，又良久，重复跃下，负女于背，一跃而升高处。女于斯时，庆再生也。虎引女至通衢，女拜辞，虎犹回顾频频而后去。

女抵家，见翁媪[5]，方手之舞之，足之蹈之，历历述遇虎得生状。翁媪曰："嘻！安有遇虎反生者耶？是必为虎食，死为伥，归惑人，将引全家葬虎腹。此伥为厉也，岂得为吾女？"女号哭，再三辩，莫能白。因闭之室，不与以餐。女转饿将毙，号救，亦无一应者，力竭声嘶，待毙而已。

翁媪夜同梦一黄衣婆子来，努目视曰："汝女即吾女矣！若饿毙，当杀汝一家！"惊醒，觉怒吼声，犹震林木间也。至是，始释女囚。

女自服虎乳，长而貌益艳，有勇力。少年将军某，闻而聘之，屡屡助战功，封夫人[6]。

简注：

本篇选自宣鼎《夜雨秋灯录》。

1. 夏屋：大屋。2. 崦嵫：山名，在今甘肃天水市西。古代常用来指日落的地方。3. 逡（qūn）巡：徘徊，犹豫。4. 向晨：天快亮的时候。向，接近，临近。5. 媪（ǎo）：上年纪的妇女。6. 夫人：明、清两代一二品官的妻子封夫人。

今译：

　　明代，青鲁山里，曾经有过虎灾。有个山村人家的小女孩，才十二岁，带着一把斧头进山，砍些柴草来帮助家里烧火做饭。偶然失足，落入山谷中，幸好下面是厚厚的落叶，所以没有摔死。然而向上仰视，是峭壁百丈，没有阶梯，便大声呼救，接着又悲哀哭泣，终究没有人回应。女孩看见东面山壁有个洞，洞内空朗开阔，像个大房屋。里面趴伏着两只乳虎，温顺得像小猫小狗。女孩来到虎穴，更加害怕，知道必死无疑，便索性与乳虎玩耍起来。

　　夕阳落山时，突然腥风大起，虎母归来了。虎母见到女孩，开始时大为震惊，继而见女孩把乳虎抱在怀中，高高兴兴地丝毫没有惊恐，虎

母又张大眼睛看了好一会儿，就坐下呼引乳虎过来吃奶。哺乳完毕，将要睡眠时，女孩向虎母叩拜说："孩儿幸蒙大王怜爱，不杀我，还能不能分一点奶水来救我饥饿呢？"虎母考虑好一会儿，点了一下头，好像表示同意。女孩就有些犹豫地投入虎的怀抱吸奶，疲倦了就在虎母下巴下睡着了。

　　快天亮时，虎母舔乳虎，同时也轻轻地舔舔女孩的面孔，然后就跳出虎穴。到了晚上回来时，衔着一些水果食物放在女孩身旁，女孩高兴得又笑又舞，虎母也流露出快乐之意。

　　一个多月过去了，乳虎逐渐长大，虎母忽然背着它们出洞。女孩大哭。虎母在洞外俯瞰好一会儿，重新跳回洞里，背起女孩一跳而升到高处。这时女孩庆贺自己获得再生。虎母引导女孩到达大路，女孩拜谢辞别，

虎母频频回顾而后离去。

女孩回到家中，见到爸爸妈妈，手舞足蹈，一一叙述遇虎得生的经过情形。爸爸妈妈说："嗨！哪里有遇虎得生的呀？必定是被虎吃了，变成伥鬼，回来迷惑我们，将要引诱全家葬身于虎腹。这是伥鬼作怪，哪能是我们的女儿？"女孩痛哭，再三解释，也不能说明白。因而他们就把女孩关在房中，不给饭吃。女孩将要饿死，呼喊救命，也没人响应，最后声嘶力竭，等死而已。

夜里，爸爸妈妈同时梦见一个黄衣婆子来到，瞪眼怒视说："你们的女儿也是我的女儿了！如果你们把她饿死，我会杀死你们全家！"爸爸妈妈惊醒后，感觉到猛虎的怒吼声还在林木间振荡。到这时，爸爸妈妈才把女孩释放出来。

女孩自从吃了虎奶以后，容貌越长越美丽，而且勇敢有力气。有个年轻的将军听说了就来求婚。后来她屡屡帮助将军建立战功，被赐封为夫人。

······

原文：

⑫
虎异

湖北鹤峰州，多巨山，野火焚林，一虎窜落平原。居民齐声呵逐，突入一大宅，冲进中堂，门随风掩，宅主反扣之。虎力虽大，不解破壁，遂圈于堂，人亦不敢入也。

虎距堂犬坐，眈眈外向。宅主执鸟枪，

从窗隙击之，皮厚不能入，毛衣微掣而已。

雇工献计曰："我与主升屋顶，揭开瓦桷[1]，垂下一足，诱之开口，主向口轰之，方中要害。"主如计。足刚下，虎忽腾数丈高，足缩不及，连腿咬下，一啮成泥，枪火犹未举也，雇工立毙。

旋约多人，加铁钉灌铳，连日轰击，虎受伤，咆哮跳跃，四壁俱摇。抢攘[2]数日，虎坐不动，疑死矣。有少妇，微御耳门，出半面窥之，虎忽跃起，爪破其头，脑浆迸裂，遂死。幸闭门急，虎未得出，转旋堂内，无策可施。

一乡老曰："虎最耐死，诸物何能为？须用大水牛利角触之，方制其死命。"宅主从言，牵顶大老牯[3]，驱入斗之。虎踞地作伏猫势，牛耸怒鸡形对之。各怒目视，历时许，牛踏大步，奋角抵之。虎亦爪抱牛头。坚持未久，牛向虎腹尽力一触，虎仰而颠，又就地连触之，虎势萎。大众攒[4]刺之，乃毙。

剥其皮铺阶石上，或抱犬投之，卧皮上，吠喔喔不能起，矢溺俱流，足征虎威之赫。牛斗创甚，怜其惫，不加牵，游放于庭。见虎皮，复趋触之，力过猛，硬抵阶石，角根立断，亦死。

宅主遭此变，失牛失人，消耗多金，家渐不康，遂中落焉。

简注：

本篇选自丁治棠《仕隐斋涉笔》。

1.瓦桷（jué）：屋瓦下面的方形椽子。2.抢（chéng）攘（níng）：纷乱的样子。3.牯：公牛。4.攒（cuán）：聚集。

今译：

湖北鹤峰州多大山，一次野火焚烧森林，一只老虎逃窜到平原。居民齐声呼喊驱逐，老虎窜进一个大宅院，冲进中堂，中堂的门也随风关上。宅主人随即把门反扣上。老虎力气虽然很大，但它不懂如何破壁而出，于是就被困在中堂，人也不敢进去。

老虎在中堂像狗一样地坐着，全神贯注地看着外面。宅主人拿着鸟枪从窗孔袭击它，但虎皮很厚，子弹打不进，皮毛只是轻微闪动一下而已。雇工献计说："我和主人爬到屋顶上去，揭开屋瓦下面的方形橼子，垂下一只脚，引诱老虎张口，主人就向它的口中射击，这样才能击中要害。"主人同意这个计策。雇工刚刚把脚垂下，老虎忽然腾跳起几丈高，脚收缩不及，连大腿都被老虎咬下，一下子咀嚼成肉泥，主人的枪弹还来不及发射，雇工立刻就死了。

宅主人随即邀请了几个人，加些铁钉灌入枪筒，连日轰击。老虎终于受伤，咆哮跳跃，中堂的四面墙壁都摇晃起来。纷乱烦扰了好几天，老虎坐着不动了，大家疑心它已经死去。有个年轻妇女，轻轻推开侧门，伸出半个面孔窥探，老虎忽然跳起，虎爪击破其头，脑浆迸裂，就死了。幸好侧门关闭得快，老虎未能跑出来，只能在中堂里转来转去，大家对它也毫无办法。

有个同乡老人说："老虎最不容易死，这些东西对它有什么用？必须用大水牛的利角去抵它，方能将它置于死地。"宅主人听从了他的话，牵来一头最大的老公牛，赶进中堂里与老虎搏斗。老虎按地做出伏猫的姿势，公牛也摆出愤怒公鸡的架式与它对抗。双方怒目相对，经过好一会儿，公牛大步向前用角奋力抵虎，虎也用爪抱牛头。双方坚持没有多久，公牛向老虎腹部尽力一挑，老虎仰面倒地，公牛又顺势连连抵它，老虎萎靡不振，众人又集中刺它，老虎终于死了。

宅主人把老虎皮剥下，铺在石阶上，有人抱一条狗放在上面，那狗唉唉地叫着站立不起来，吓得屎和尿都流了出来，足以证明虎威是如何显赫。公牛经过格斗受伤很重，主人怜悯它疲乏，不加缰绳，任其在庭院中游荡。公牛见到虎皮，再度上前抵它，用力过猛，硬角触抵石阶，角根立即断裂，也死了。

宅主人遭受这次变故，失人失牛，损耗了许多钱财，家境逐渐衰败了。

虎痴

原文：

秦川女子霍小姝，有殊色。父与豪右[1]某争田界，以他事诬诸官，竟毙于狱。母痛哭曰："家无男子，谁为父复仇者？恐白骨冤埋，终作千秋黑狱矣！"女含涕而进曰："儿不肖，髫龄稚齿，不能作赵家娥[2]。有得仇人而杀之者，儿愿执箕帚事之。"母鉴其诚，日以其言祷诸西山之麓。

一日，闻某入城祝县令寿，路出西山，虎突起于前，啮喉而毙。母女方额手[3]庆，忽一虎曳尾而来，径登堂上。母女色变，却走。虎徘徊瞻眺，殊无恶意。母阖扉而语曰："今日杀某于道者，非汝也耶？"虎颔之。母曰："蒙君仗义，雪我前仇。茕茕[4]母女，定当香花顶礼，用酬大德。未识降临玉趾，意欲何为？"虎怒目而视，似憎其爽约者。母曰："汝以我食言耶？息壤[5]在彼，本宜敬将幼女侍奉裳衣。但起居寝食，彼此道殊，安得竟成伉俪？况我年近桑榆[6]，家无兰玉[7]，方将倚婿为活。汝为地下人报怨，独不为未亡人施德乎？谨陈衷曲，乞赐矜全[8]。"虎闻其语，神凋气丧，垂头欲出。而一步九顾，依依不舍。

女慷慨而前，曰："君且住。妾有一言，幸垂明听。妾前以身相许，岂敢昧心。想衾裯[9]之共，君亦知其不可。如不忘旧约，当扫除一室，与君终身相守，存夫妇之名，可也。"

虎首肯再三，欣然嘉纳。女乃导虎入帷，营菟裘[10]于绣榻之旁。食则同牢[11]，居则同室。女晨起理妆，虎必潜身奁次[12]，侧目偷窥。夜俟女卸装登床就寝，始伏于床下，竟夕不寐，恐以鼾声扰其清梦也。有时甘旨[13]不给，则衔鹿脯以进。或抱小恙，焦思躁急，盘旋室内者无停趾。病愈，始欢跃如初。女习以为常。而母氏因年迈无依，时咎女之失计，而遇虎礼貌亦衰。虎一夕竟去。

母欲为择婿，女曰："背德不祥，负恩非福。况女子以心许人，岂必作形骸之论哉？"执不允。

后女以郁疾死，停尸堂上。虎忽嗥哭而来，泪下如雨，送殓者皆见之。继埋玉于祖茔之侧。虎一日巡视者三。春秋令节，辄衔山果以奠。越三载如一日。母贫乏不能自活，虎犹日取山獐野兔，存恤其家云[14]。

简注：

本篇选自沈起凤《谐铎》。

1.豪右：豪强大族。2.赵家娥：指"赵家姊妹"，即汉代赵飞燕和其妹合德。飞燕善舞，合德柔媚，二人同时得宠于汉成帝。3.额手：把手放在额头上表示庆幸，形容高兴喜悦的情态。4.茕（qióng）茕：孤孤单单的样子。5.息壤：战国时秦邑名，秦武王与大将甘茂曾盟誓于此。

后人就用"息壤"作为"信誓"的代称。6.桑榆：太阳西垂时日光照在桑树榆树的顶端，后来就用"桑榆"喻指日暮或晚年。7.兰玉：指优秀子弟。8.矜全：爱惜而保全之。9.衾帱：指床上用品。衾，被子。帱，帐子。10.菟裘：春秋时鲁国地名，在今山东泰安东南楼德镇。鲁隐公打算把君位交付给鲁桓公，派人到菟裘营建房屋，准备到那里养老。后人常用"菟裘"称士大夫告老退隐之处。这里指为虎搭建的暗室。11.牢：禀食，公家发给的粮食。这里泛指食品。12.奁次：指梳妆台所在的地方。奁，古代妇女梳妆用的镜匣。次，泛指所在之处。13.甘旨：美好的食品。后多用作奉养双亲之词。14.云：语助词，无义。

今译：

秦川有一个姑娘叫霍小娥，长得非常漂亮。她的父亲与某个豪强争田界，豪强用别的事由诬陷他，把他捉进官府，竟然死在狱中。姑娘的母亲痛哭道："我家没有儿子，谁能为父报仇呀？恐怕白骨要含冤埋葬，最终将成为千秋冤狱了！"姑娘含泪近前说："女儿没有出息，年幼无用，不能成为汉代赵家姊妹。如果有人能把我家仇人杀了，女儿愿意嫁给他做妻子！"母亲见女儿如此诚心，就每天到西山脚下，用她女儿的誓言来向苍天祷告。

有一天，听说那个豪强进城为县令祝寿，路过西山，一虎突然跳到他的面前，咬断他的喉咙，豪强便死了。母女二人正兴高采烈，忽然一只老虎拖着尾巴来了，直接登上厅堂。母女吓得脸色都变了，赶快退走。老虎徘徊顾盼，毫无恶意。老母关上门说道："今天在路上杀死那个恶人的，莫非是你不成？"老虎点点头。老母说："承蒙您主持正义，帮助我家报了仇冤。我们孤孤单单的母女二人，定当献上香花跪拜，以酬谢您的大恩大德。不知道您亲临寒舍，想做什么？"老虎怒目而视，似乎是憎恶她不守信用。老母说："你以为我说话不算数吗？我曾在西山脚下发誓，本该将女儿嫁给你。但是饮食起居，彼此完全不同，怎么能够结成夫妻呢？况且我已年近黄昏，家中又无男儿，以后将要依靠女婿为生。你能为地下人报冤仇，为什么不能为未亡人施恩德呢？我恭敬地陈述了我的苦衷，恳求你能爱护并保全我们！"老虎听了她的一番话，神凋气丧，低下头准备离开。然而却一步九回头，依依不舍。

霍姑娘慷慨地走上前去说："您停一停。我有一句话，请听清楚。我先前答应以身相许，岂敢违背良心。但是若要同床共枕，您也知道那是不可能的。如果不忘先前的约定，我当清理出一个房间，与您终身相伴，保存夫妻的名义，这样好吗？"老虎再三点头，高兴地接受这样安排。姑娘就引导老虎进入帷幔，在卧榻的旁边搭建了一间供虎居住的隐蔽的暗房。食同餐，居同室。姑娘早晨起来梳妆，老虎必定藏身在梳妆台所在的地方，斜眼偷看。夜晚等姑娘卸妆上床就寝，老虎就伏在床下，通宵不眠，它怕鼾声打扰了姑娘的清梦。有时奉养老母的食品缺乏，老虎就衔些鹿肉回来。有时姑娘生病了，老虎就万分焦急，在室内盘旋不停，姑娘病好了，老虎就像

以前一样欢乐跳跃。姑娘对此也习以为常。然而老母却因年老无靠，时常责怪女儿处理不当，对待老虎的态度也不如以前那样好。一天晚上，老虎竟然离开了。

母亲要替女儿选择一个女婿，姑娘说："背德不吉祥，负恩不是福。何况女儿我以心许人，何必多考虑形骸之事呢？"坚决不同意。

后来姑娘因郁闷而去世，尸体停放在堂上。老虎忽然嗥哭着来到，眼泪像雨水一样落下，送殡的人都看见了。接着就把姑娘埋在祖坟的旁边。老虎每天都要来坟前巡视多次。春秋节令时，老虎就衔些山果前来祭奠。几年如一日。老母贫困不能为生，老虎每天还送来一些山獐野兔，赡养其家。

⑭ 峡口道士

原文：

开元[1]中，峡口多虎，往来舟船皆被伤害。自后但是有船将下峡之时，即预一人充饲虎，方举船无患。不然，则船中被害者众矣。自此成例，船留一人上岸饲虎。

经数日，其后有一船，内皆豪强。数内有一人单穷，被众推出，令上岸饲虎。其人自度力不能拒，乃为出船。而谓诸人曰："某贫穷，合为诸公代死。然人各有分定[2]，苟不便为其所害，某别有恳诚，诸公能允许否？"众人闻其语言甚切，为之怆然，而问曰："尔有何事？"其人曰："某今便上岸，寻其虎踪，当自别有计较。但恳为某留船滩下，至日午时。若不来，即任船去也。"众人曰："我等如今便泊船滩下，不止住今日午时，兼为尔留宿。俟明日若不来，船即去也。"言讫，船乃下滩。

其人乃执一长柯斧[3]，便上岸入山寻虎。并不见有人踪，但见虎迹而已。林木深邃，其人乃见一路，虎踪甚稠，乃更寻之。至一山隘，泥极甚[4]，虎踪转多。更行半里，即见一大石室，又有一石床。见一道士在石床上而熟寐。架上有一张虎皮，其人意是变虎之所。乃蹑足，于架上取皮，执斧衣皮而立。道士忽惊觉，已失架上虎皮。乃曰："吾合食汝[5]，汝何窃吾皮？"其人曰："我合食尔，尔何反有是言？"二人争竞，移时不已。道士词屈，乃曰："吾有罪于上帝，被谪在此为虎，合食一千人。吾今已食九百九十九人，唯欠汝

一人，其数当足。吾今不幸，为汝窃皮。若不归，吾必须别更为虎，又食一千人矣。今有一计，吾与汝俱获两全，可乎？"其人曰："可也。"道士曰："汝今但执皮还船中，剪发及须鬓少许，剪指爪甲，兼头面脚手及身上各沥少血二三升，以故衣三两事裹之。待吾到岸上，汝可抛皮与吾，吾取披己，化为虎。即将此物抛与，吾取而食之，即与汝无异也。"其人遂披皮执斧而归。

　　船中诸人惊讶，而备述其由。遂于船中依虎所教待之。

　　迟明[6]，道士已在岸上，遂抛皮与之。道士取皮衣振迅[7]，俄变为虎，哮吼跳踯[8]。又抛衣与虎，乃啮食而去。

　　自后更不闻有虎伤人。众言：食人数足，自当归天去矣。

简注：

　　本篇选自《太平广记·会昌解颐录》。

　　1.开元：唐玄宗时年号。2.分定：本分所定，命中注定。3.长柯斧：长柄斧头。4.泥极甚：泥泞不堪。5.吾合食汝：我应该吃掉你。合，应当，应该。6.迟明：黎明。7.振迅：迅速地举起抖动。8.踯（zhí）：驻足停滞。

今译：

唐玄宗开元年间，峡口多虎患，往来的舟船都会被虎伤害。后来凡是有船经过峡口，就预备好一个人去喂老虎，这样全船才能平安无事。不然，船上被害的人就多了。从此就形成一个惯例：船上必须留下一个人，送到岸上去喂虎。

几天以后，有一条船经过，船上尽是豪强，其中只有一人孤单无伴又贫穷，被大家推举出来，命令他上岸去喂虎。那人自己想想也无力抗拒，就只好离船上岸。然而他对众人说："我贫穷，理当代为大家去死。然而各人命运都是注定好的，假如我未被它害死，我有一个恳求，各位先生能允许吗？"大家听他说得如此恳切，都为他感到悲伤。便问道："你有什么事？"那人说："我今天就上岸，去寻找老虎的踪迹，自有别的办法去对付它。只是请求为我把船停靠在滩下，直到日午时候。如果我到时不来，就听任把船开走。"大家说："我们现在就把船停泊在滩下，不仅停到日午时候，而且还等你晚上回来住宿。等到明天如果你还不来，船就离去。"说完，船就下滩了。

那人于是手拿一把长柄斧头，就上岸进山寻虎。一路不见人踪，只有虎迹而已。林木森森，那人发现一条山路，虎迹很稠密，就进一步向前搜寻。到了一处山隘，泥泞不堪，虎迹更多。再前行半里，就看见一个大石屋，又有一张石床。一个道士在石床上熟睡。木架上有一张虎皮，那人意识到这是变虎的处所。就轻移脚步，从木架上取下虎皮，拿着斧头、穿着虎皮立在那里。道士忽然惊醒，已失去了木架上的虎皮。便说道："我应该吃掉你，你为何反而偷了我的虎皮？"那人说："我应该吃掉你，你为何反而有这样的言语？"二人争辩，长时不停。最后道士理屈词穷，便说："我有罪于上帝，被贬谪在这里做老虎。应当吃掉一千人，我现在已经吃了九百九十九人，只欠缺你一人，数目就凑足了。我今天不幸，被你偷去了虎皮。我如果不能完成规定的任务就回去，我必须另外重新变成老虎，又要再吃一千人。今天有一个计策，我和你都能获得安全，好吗？"那人说："可以啊！"道士说："你现在只管拿着虎皮回到船上，剪下一些头发、胡须、指甲，并从头面、手脚和身上滴下少量的血，约二三升，用旧衣服把这些东西裹上两三层。等到我来到岸上，你可把虎皮抛给我，我取皮披到自己身上，变化成老虎。你就把用旧衣服包裹的东西抛来，我取来吃掉它，就同吃掉你没有区别。"于是那人就披着虎皮、拿着斧头回来了。

船上众人都很惊讶，那人就详细地叙述了经过情形。于是就在船上依照虎道士所教的办法等待他的到来。

第二天黎明时候，道士已经在岸上，那人就把虎皮抛给他。道士取到虎皮后迅速地举起抖动，马上就变成老虎，大声吼叫，跳跳停停。那人又把用旧衣包裹的东西抛给老虎，老虎就咬啃着离去了。

从此以后，再也听不到峡口有老虎伤人的事了。大家都说：那虎吃人的数目已经凑足，自然应当回天上去了。

-----·····-----

原文：

贞元[1]十四年中，多虎暴，白昼噬人。时淮上阻兵[2]，因以武将王征牧申州[3]焉。征至，则大修擒虎具，兵仗坑阱，靡不备设。又重悬购[4]，得一虎而酬十缣[5]焉。

有老卒丁岩者，善为陷阱，遂列于[6]太守，请山间至路隅，张设以图之。征既许，不数

老卒丁岩

日而获一虎焉。虎在深坑，无施勇力。岩遂俯而下视，加以侮诮。虎则跳跃哮吼，怒声如雷。而聚观之徒，千百其众。岩炫其计得，夸喜异常。时方被酒，因为衣襟胃挂[7]树根，而坠阱中。众共嗟骇，谓糜粉于暴虎之爪牙矣。及就窥，岩乃端坐，而虎但瞠视耳。岩之亲爱忧岩，乃共设计，以辘轳下巨索，伺岩自缚，当遽引上，或希十一之全。岩得索，则缠缚腰肢，挥手，外人则共引之。去地三二尺，其虎则以前足捉其索而留焉。意态极仁，如此数四。岩因而谓之曰："尔辈纵暴，入郭犯人，事须剪除，理宜及此。顾尔之命，且在顷刻。吾因沉醉，误落此中。众所未便屠者，盖以我故也。尔若损我，固激怒众人。我气未绝，即当薪火乱投，尔为灰烬矣。尔不若从吾，当启白太守，舍尔之命，冀尔率领群辈，远离此土，斯亦渡河他适，尔所知者矣。我当质之天日[8]，不渝此约。"其虎谛听，若有知解。岩则引绳，众共出之。虎乃弭耳瞩目，不复留。

岩既得出，遂以其事白于邦伯[9]曰："今杀一虎，不足禳[10]群辈之暴。况与试约，乞舍之，冀其率侣四出，管界获宁耳。"征许之。

岩遂以太守之意，丁宁告谕。虎于陷中，踊跃盘旋，如荷恩施。岩即积土坑侧，稍益浅，犹深丈许，虎乃跃而出，奋迅踯腾，啸风而逝。自是旬朔[11]之内，群虎屏迹，而山野宴然矣。

简注：

本篇选自《太平广记·集异记》。

1. 贞元：唐德宗李适的年号。2. 淮上阻兵：指淮西节度使吴少诚拥兵叛乱。3. 申州：在今河南信阳市。4. 悬购：悬赏。5. 缣（jiān）：双股丝织成的细绢。6. 列于太守：向太守王征陈述、说明。7. 胃（juàn）挂：胃，挂。胃挂，

是两个同义词素组成的复合词。8. 质之天日：向苍天白日发誓。9. 邦伯：即州牧、刺史、太守，指州长官王征。10. 禳（ráng）：去除，消解。原为去邪除恶的祭名。11. 旬朔：十天或一个月。

今译：

唐德宗贞元十四年时，常有虎患，大白天也咬死人。当时淮西有战乱，所以派武将王征管理申州。王征到任后，就大规模地修理擒虎的器具，兵器、陷阱之类，全都准备齐全了。又设立重赏，捕获一只老虎就赏赐十匹细绢。

有个叫丁岩的老兵，精通制作陷阱，就向太守王征陈述，请求在山间至路边，设置陷阱来捕捉老虎。太守王征同意后，没过几天，就捕获到一只老虎。老虎在深坑中，无法施展它的威力。老兵丁岩俯身下视，对老虎加以侮辱讥诮。老虎就跳跃吼啸，怒声如雷。而围观的群众，成百上千，丁岩自鸣得意，非常高兴。他当时正酒后微醺，因为衣服被树根勾挂住，一不小心坠落到陷阱之中。大家惊骇叹息，认为老兵丁岩要在猛虎的爪牙下粉身碎骨了。大家就近一看，丁岩在陷阱中端坐着，而老虎只是张大眼睛看着他。丁岩的亲朋好友为他忧心忡忡，就共同商议，用辘轳放下粗绳，等丁岩自己捆缚好身体，就快速地把他提引上来，或许这样还有一线脱身的希望。丁岩得到绳索，便缠缚在腰间，挥挥手，陷阱外面的人就共同用力牵引他。当丁岩离地两三尺时，那老虎就用前足拉住绳子，把丁岩扣留下。不过老虎的态度还很友善。这种情况三番五次地出现。丁岩因此便对老虎说："你们横行为恶，进城害人，必须铲除，理应如此。看来你的性命，危在顷刻。我因喝醉了，误落进陷阱里。众人所以不便杀你，大概是因为我的缘故。你如果伤害了我，一定会激起众人的愤怒。我气还未断绝，就会有薪火乱投进来，你也就被烧成灰烬了。你不如听从我的话，我会禀告太守，请他赦免你，希望你率领群虎，远离此地，也可渡过淮河前往他处，你大约已经听明白了。我定当向苍天发誓，绝不违背这个约定。"那虎仔细地听着，好像是听懂了。于是丁岩攀引绳索，大家共同把他提吊出来。老虎只是俯首帖耳地看着，不再扣留丁岩。

丁岩逃出陷阱后，就把此事向太守王征禀告，说："现在杀掉一只老虎，也不能消除成群老虎的暴行。何况我已同它初步订立了信约，恳求大人赦免它，希望它率领同伙离去，让我们申州地区获得安宁。"太守王征同意了丁岩的请求。

丁岩于是就把太守的意见，反复叮嘱老虎，使它明白。老虎在陷阱之中，踊跃盘旋，高兴得如同得到了恩赐。丁岩就挖土填坑，坑阱逐渐浅了，还有一丈多深时，老虎一跃而出，迅猛奔腾，一阵风似的消失了。从此在不到一个月的时间里，虎群绝迹，申州的城乡山野太平无事了。

狮子故事

山海异闻
——古书里走出来的动物们

原文：

后魏[1]，波斯[2]国献狮子，永安[3]末，始达京师。庄帝[4]谓侍中[5]李彧曰："朕闻虎见狮子必伏，可觅试之。"于是诏近山郡县，捕虎以送。巩县[6]山阳[7]并送二虎一豹。见狮子，悉皆瞑目，不敢仰视。园中素有一盲熊，性甚驯善，帝令取试之。虞人[8]牵盲熊至，闻狮子气，惊怖跳踉[9]，曳锁而走。帝大笑。

波斯国献狮子

简注：

本篇选自《洛阳伽蓝记》。

1.后魏：指南北朝时在中国北方由拓跋珪所建立的北魏政权。2.波斯：古代国名，今伊朗。3.永安：北魏孝庄帝的年号，时为公元528－530年。4.庄帝：指孝庄帝元子攸。5.侍中：古代官名，侍从皇帝左右，地位显赫。北魏尤重其官，呼为"小宰相"。6.巩县：今河南巩义市一带。7.山阳：今河南焦作市一带。8.虞人：管理山泽园林的官员。9.跳踉（liáng）：腾跃跳动。也可作"跳梁"。

今译：

后魏时，波斯国赠送一只狮子，永安末年方才到达京城。孝庄帝对侍中李彧说："我听说老虎见到狮子必定屈服，可以寻找老虎来试试。"

于是就命令靠近山区的郡县，捕捉老虎来进献。巩县和山阳县一共送上两只老虎和一只豹子。老虎和豹子一见到狮子，全都闭上眼睛，不敢抬头看。园林中本来就有一只瞎眼熊，性情很温顺，孝庄帝命令送来试试。管理山林的官员就把瞎眼熊牵来了，瞎眼熊一闻到狮子的气味，就惊恐蹦跳，拖着锁链逃走了。孝庄帝看了哈哈大笑。

②

百兽王

原文：

康熙[1]十四年，西洋贡狮，馆阁[2]前辈多有赋咏。相传不久即逸去，其行如风，巳刻[3]绝锁，午刻[4]即出嘉峪关[5]。此齐东语[6]也。圣祖[7]南巡，由卫河[8]回銮[9]，尚以船载此狮。先外祖母曹太夫人，曾于度帆楼窗罅窥之，其身如黄犬，尾如虎而稍长，面圆如人，不似他兽之狭削。系船头将军柱上，缚一豕饲之。豕在岸犹号叫，近船即噤不出声。及置狮前，狮俯首一嗅，已怖而死。临解缆[10]时，忽一震吼声，如无数铜钲[11]陡然合击。外祖家厩马十余，隔垣[12]闻之，皆战栗伏枥下。船去移时，尚不敢动。信其为百兽王矣。

简注：

本篇选自纪昀《阅微草堂笔记》。

1. 康熙：清圣祖爱新觉罗·玄烨的年号。康熙十四年为公元1675年。2. 馆阁：指翰林院。3. 巳刻：古时计时法的巳时，指上午9点至11点两个小时的时间。4. 午刻：古时计时法的午时，指中午11点至13点两个小时的时间。5. 嘉峪关：在今甘肃嘉峪山西麓，为万里长城的西端，号称"天下第一雄关"。6. 齐东语：又称齐东野语。《孟子·万章上》："此非君子之言，齐东野人之语也。"后世因称道听途说、荒唐无稽之言为"齐东野语"。7. 圣祖：即康熙皇帝。8. 卫河：水名，流经今山东、河北、河南三省交界处。9. 回銮：銮，古代皇帝车驾所用的铃，也作皇帝车驾的代称。皇帝外出回返称回銮。10. 解缆：解开系船缆绳，开船。11. 铜钲（zhēng）：铜锣。12. 垣（yuán）：墙。

今译：

康熙十四年，西方国家曾经进贡一头狮子，翰林院的前辈们有许多诗词吟咏。相传不久狮子逃走了，其行动快如疾风，巳时摆脱锁链，午时就已经出了嘉峪关。这完全是不可信的传闻。康熙皇帝南巡时，由卫河回京，还在船上装载着这头狮子。我的已过世的外祖母曹太夫人，曾经在度帆楼的窗户缝里窥看过那狮子，它身体像黄狗，尾巴像虎尾，稍长些，面孔圆圆像人脸，不像别的野兽脸型狭削。狮子系在船头的将军柱上，捆缚着一头猪来喂它。猪在岸上还大声叫唤，靠近船时就噤不出声。到了把它放在狮子面前时，狮子低头一嗅，猪竟然惊吓而死。临到解缆开船时，狮子忽然大吼一声，像无数的铜锣陡然一齐敲响。外祖父家的马厩里十几匹马，隔墙听到狮子的吼声，都浑身发抖地倒伏在马槽下，船开走了好一段时间，马匹还是不敢动。我确实相信狮子是百兽之王了。

原文：

狮子出西域[1]诸国。状如虎而小，黄色。亦如金色猱狗[2]，而头大尾长。亦有青色者。铜头铁额，钩爪锯牙，弭耳昂鼻，目光如电，声吼如雷。有而髯[3]，牡者尾上茸毛大如斗，日走五百里，为毛虫[4]之长。怒则威在齿，喜则威在尾。每一吼则百兽辟易[5]，马皆溺血。《尔雅》[6]言其食虎豹。虞世南[7]言其拉虎

③ 毛虫之长

吞貔[8]，裂犀分象。陶九成[9]言其食诸禽兽，以气吹之，羽毛纷落。熊太古[10]言其乳入牛羊马乳中，皆化成水。虽死后，虎豹不敢食其肉，蝇不敢集其尾。物理相畏如此。

然《博物志》[11]载，魏武帝[12]至白狼山[13]，见物如狸，跳至狮子头杀之。唐史载，高宗[14]时，伽毗耶国献天铁兽，能食狮象。则狮虽猛悍，又有制之者也。

西域畜之，七日内取其未开目者调习之，若稍长则难驯矣。

简注：

本篇选自李时珍《本草纲目》。

1. 西域：汉以后对于玉门关（今甘肃敦煌西北）以西地区的总称。狭义专指葱岭以东而言，广义则凡通过狭义西域所能达到的地区，包括亚洲中西部、印度半岛、欧洲东部和非洲北部。这里指广义的西域。2. 猱（náo）狗：卷毛狗，又称猱狮狗。3. 而鬣：胡须。而，指颊毛。4. 毛虫：有毛之虫，指兽类。故老虎又称大虫，老鼠又称老虫。5. 辟易：惊退。辟，通"避"。易，变易处所。6.《尔雅》：书名，训诂学名著。我国最早解释词义的专著，由汉初学者递相增益而成。后为儒家"十三经"之一。7. 虞世南：唐越州馀姚人，唐太宗称其德行、忠直、博学、文辞、书翰五绝兼具。书法与欧阳询齐名。纂辑《北堂书钞》173卷。8. 貔（pí）：猛兽名，豹属。9. 陶九成：即陶宗仪，元末明初浙江黄岩人，洪武初诏征儒士，引疾不赴。著有《南村辍耕录》等。10. 熊太古：豫章人，元末进士，官至江西行省郎中，入明不仕，善画，著有《冀越集记》。11.《博物志》：书名，西晋张华撰，10卷。分类记载异境奇物及古代的殊俗琐闻，也宣扬神仙方术。原书已佚，今本由后人搜辑而成。12. 魏武帝：指曹操。13. 白狼山：即今辽宁境内的白鹿山。东汉建安十二年，曹操征讨乌桓时，曾登此山眺望敌阵。14. 狸：兽名，猫属。似狐而小，身体肥而短。15. 高宗：指唐高宗李治，为唐太宗李世民之子。

今译：

狮子出产于西域各国。形状像虎，个儿略小，毛为黄色。也像金色的卷毛狗，而头大尾巴长。也有毛色为青的。狮子铜头铁额，钩爪锯牙，垂耳昂鼻，目光如电，吼声如雷。有胡须，雄的尾巴上茸毛如斗大，一日可行五百里，是毛虫之长。它怒时威在齿，喜时威在尾。往往大吼一声，百兽惊退，马皆溺血。《尔雅》说它食虎豹，虞世南说它能撕裂和吞食虎、貔、犀牛、大象。陶九成说它吃各种禽兽时，对之吹一口气，羽毛便纷纷脱落。熊太古说，把狮子乳倒入牛羊马的乳中，都化成水。狮子即使死了，虎豹不敢吃它的肉，苍蝇不敢停歇在它的尾巴上。自然万物中，竟有如此相畏惧的。

然而《博物志》记载，魏武帝到白狼山，见一动物像狸，它跳到狮子头上，把狮子杀死了。唐史记载，唐高宗时，伽毗耶国献天铁兽，此兽能擒杀狮子和大象。那么狮子虽然凶猛强悍，也有能制伏它的。

西域地方的人畜养狮子，必须捕捉那出生在七日之内尚未开眼的幼狮来调习，如果稍微大一些，就难以驯养了。

熊的故事

山海异闻
——古书里走出来的动物们

原文：

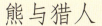

熊与猎人

晋升平[1]中，有人入山射鹿。忽堕一坎[2]，窅然[3]深绝。内有数头熊子。须臾，有一大熊入来，瞪视此人。人谓[4]必以害己。良久，出藏果栗，分与诸子。末后作一分，以置此人前。此人饥久，于是冒死取啖之。既转相狎习，熊每旦[5]觅食果还，辄分此人。此人赖以延命。后熊子大，其母一一负将[6]出。子既尽，人分死坎中[7]，穷无出路。熊母寻[8]复还，入坐人边。人解意，便抱熊之足，于是跳出，遂得毋他[9]。

简注：

本篇选自《太平广记·续搜神记》。

1.升平：东晋穆帝司马聃的年号，公元 357 — 361 年。2.坎：坑，地洞。3.窅（yǎo）然：深远的样子。4.谓：认为，以为。5.每旦：每天。6.负将：背负携带。7.人分死坎中：猎人料想会死在坑中。8.寻：旋即，不久。9.毋他：没有别的，意为平安无事。也作"无他"。

今译：

东晋升平年间，有个猎人进山射鹿。忽然坠落到地洞中，深邃幽远，

与外隔绝。洞内有几头熊崽。不久，有一头大熊进来了，睁大眼睛注视这个猎人。猎人认为必定会伤害自己。过了好一会儿，大熊取出收藏的栗子，分给几头熊崽。最后留下一份，放在猎人面前。此人饿得很久，于是冒死去拿栗

子吃。既而互相亲近熟悉了，大熊每天寻找果实回来，就分一份给猎人。猎人赖以维持生命。后来熊崽长大，母熊逐一把它们背着携带到洞外。熊崽走完了，猎人料想自己必定会死在洞中，感到走投无路。不料母熊旋即又回来了，坐在猎人身旁，猎人会意，便抱住母熊的腿，于是一齐跳出洞外，便平安无事地脱身了。

柜中藏熊

原文：

宁王[1]尝猎于鄠县[2]界，搜林，忽见草中一柜，扃钥[3]甚固。命发视之，乃一少女也。询其所自，女言："姓莫氏，父亦曾仕。昨夜遇一伙贼，贼中二人是僧，因劫某至此。"含颦[4]上诉，冶态[5]横生。王惊悦之，遂载以后乘。时方生获一熊，置柜中，如旧锁之。

值上方求极色，王以莫氏衣冠子女[6]，即日表上之，且具所由。上令充才人[7]。

经三日，京兆府奏："鄠县食店[8]，有僧二人，以万钱独赁房一日夜，言作法事[9]，唯舁[10]一柜入店中。夜深，膈膊[11]有声。店主怪日出不启门，撤户[12]视之，有熊冲人走去，二僧已死，体骨悉露。"

上知之，大笑。书报宁王："大哥[13]善能处置此僧也！"

莫氏能为新声[14]，当时号"莫才人啭[15]"。

简注：

本篇选自《太平广记·酉阳杂俎》。

1.宁王：即李宪，又名成器，唐睿宗李旦的长子，封宁王。初立为太子，后因其三弟楚王李隆基（后为唐玄宗）平韦氏之乱有大功，坚请让位。

死后谥称"让皇帝"。2.鄠（hù）县：唐属京兆府，今西安市鄠邑区。3.扃（jiōng）钥：锁。4.含颦：皱着眉头。5.冶态：艳丽妩媚的神态。6.衣冠子女：官绅世家的儿女。7.才人：后宫嫔妃称号，在婕妤、美人之下。8.食店：旅店。9.法事：指和尚道士为超度亡灵而举行的宗教仪式。10.舁（yú）：抬，扛。11.膈（bì）膊（bó）：象声词，形容碰撞打斗的声音。12.撤户：拆下门板。13.大哥：唐玄宗是宁王的三弟，宁王为唐玄宗的长兄，故称"大哥"。14.新声：新作的乐曲。15.啭：又称"喉啭""啭喉"，是一种转折发声的方法。据传，开元中宜春院内人许永新"喉啭一声，响传九陌。明皇尝独召李谟吹笛逐其歌，曲终管裂，其妙如此"。（见唐段安节《乐府杂录·歌》）又传说，"喉啭引声，与笳同音"，"潜气内转，哀音外激，大不抗越，细不幽散"。（见《文选·繁钦〈与魏文帝笺〉》）

今译：

唐玄宗的长兄宁王在长安西南的鄠县境内打猎，搜索山林时，忽然发现草中有一个柜子，锁很坚固。宁王命令人打开看看，里面竟然是个年轻姑娘。问她从哪里来的，姑娘说："我姓莫，父亲也曾做过官。昨晚遇到一伙强盗，其中两个人是和尚，便绑架我来到此处。"姑娘皱着眉痛说不幸遭遇，显露出艳丽妩媚的神态。宁王对她惊喜交加，就让姑娘坐在后面的车上带回王府。当时宁王正好生擒到一只熊，就把熊放进柜子里，仍然如同先前一样牢牢锁上。

正巧碰上皇上正在选美女，宁王认为莫姑娘是官绅世家的女儿，当即进献入宫，在奏章中详细说明了她的来历。皇上封莫姑娘为才人。

过了三天，京兆府报告说："鄠县旅店来了两个和尚，用万钱租赁独立单元的房间一昼夜，说要做佛事。他们只抬一只柜子进入店中。深夜里，房里传出噼噼啪啪的声音。第二天店主觉得奇怪，太阳升起很高了，和尚为何还不开门？拆下门板看看，有一只熊冲着人向外逃走了。两个和尚已经死去，被熊咬得骨头全都裸露。"

皇上知道这事后，哈哈大笑。写信给宁王说："大哥真会处置这些和尚啊！"

莫姑娘能够创作新乐曲，当时称为"莫才人啭"。

狼的故事

山海异闻
——古书里走出来的动物们

原文：

牧竖

两牧竖[1]入山至狼穴，穴有小狼二，谋分捉之，各登一树，相去数十步。少顷，大狼至，入穴失子，意甚仓皇。竖于树上扭小狼蹄耳故令嗥，大狼闻声仰视，怒奔树下，号且爬抓。其一竖又在彼树致小狼鸣急。狼闻声四顾，始望见之，乃舍此趋彼，跑号[2]如前状。前树又鸣，又转奔之。口无停声，足无停趾，数十往复，奔渐迟，声渐弱，既而奄奄[3]僵卧，久之不动。竖下视之，气已绝矣。

简注：

本篇选自蒲松龄《聊斋志异》。

1. 牧竖：牧童。古称少年儿童为"竖子"。2. 跑（páo）号（háo）：走兽用脚刨地为跑，拖长声音大声叫唤为号。3. 奄（yǎn）奄：气息微弱的样子。

今译：

两个牧童进入山中，走到一个狼穴面前，狼穴里有两只狼崽。两个牧童商量，一人捉一只，各自爬到一棵树上，相距几十步。过了一会儿，母狼回来了，进入穴中，发现狼崽失踪，心里非常慌张焦急。牧童在树上拧扭狼崽的脚和耳，故意让它号叫。母狼听见声音就仰头看，愤怒地奔到树下，一边大声叫唤一边又爬又抓。另一牧童在那边树上又使狼崽哇哇乱叫。母狼环顾四周，终于看见了，就放弃此处奔向那边，像先前一样又刨地又嗥叫。前边树上的狼崽又叫起来，母狼又转身奔跑过去。口中不停地号叫，脚下不停地奔跑、刨地，往返几十次以后，奔跑的步子慢慢迟缓了，叫喊的声音逐渐低弱了，而后就气息奄奄地僵卧在地，很久不动。两个牧童下树探看，母狼已经断气了。

原文：

一屠晚归，担中肉尽，只剩骨。途遇两狼，缀[1]行甚远。屠惧，投以骨。一狼得骨止，一狼又从。复投之，后狼止而前狼又至。骨已尽，而两狼并驱如故。屠大窘，恐前后受其敌。顾野有麦场，场主以薪积其中，苫[2]蔽成丘。屠乃奔倚其下，弛担持刀。狼不敢前，眈眈[3]相向。少时，一狼径去。其一犬坐[4]于前，久之，目似瞑[5]，意暇甚。屠暴起，以刀劈狼首，又数刀毙之。转视积薪后，一狼洞[6]其中，意将隧入以攻其后也。身已半入，露其尾。屠自后断其股[7]，亦毙之。方悟前狼假寐[8]，盖以诱敌。狼亦黠[9]矣！而顷刻两毙，禽兽之变诈几何[10]哉，止增笑耳！

简注：

本篇选自蒲松龄《聊斋志异》。

1. 缀（zhuì）：连结。这里是跟随的意思。2. 苫（shān）：用席、布等遮盖。3. 眈（dān）眈：眼睛注视的样子。4. 犬坐：像犬一样坐着。5. 瞑：闭目，假睡。6. 洞：这里作动词用，是钻、藏的意思。7. 股：大腿。8. 假寐：假睡。9. 黠（xiá）：聪明而狡猾。10. 几何：多少。

今译：

  一个屠户晚上回家，担子里的肉卖光了，只剩骨头。路上遇到两只狼，随行了很远的路程。屠户害怕了，就把骨头丢给它们。一只狼得到骨头就停下来啃，另一只狼还是跟着。再丢一根骨头，后狼停止了而前狼又来到了。骨头已丢完，而两狼像已往一样依旧跟随着。屠户非常窘迫，担心两狼前后夹击。看到田野里有一打麦场，场主把柴薪堆积在场上，用草席遮蔽，高高的像个土丘。屠户就奔至柴堆前，背靠柴堆，放下担子，手持利刃。两狼不敢上前，只是眈眈注视对方。过了一会儿，一只狼径自离开了。另一只狼像狗一样坐在前面，时间一久，眼睛闭起来了，显得十分悠闲。屠户猛然起身，用刀猛劈狼头，又接连数刀把狼杀死。转身看看柴堆后面，一只狼已钻进里面，企图打通一条隧道从背后攻击屠户。狼身大半已入柴堆，只是尾巴还露在外面。屠户从后面砍断它的大腿，把它杀了。才明白前狼闭目养神，这大概是要麻痹欺骗敌方。狼也够聪明狡猾啊！然而顷刻之间双双毙命，禽兽的智谋诈术能有多少呢，只能增添一些笑料罢了。

原文：

  海州[1]多狼患，庄民捕得其稚者杀之，或剔目决足[2]，仍纵之去，意以警狼。

  其后，庄民某，暮从他镇返，遭数狼于道，狼似相识，并力而前。某亟走，避稻积[3]上。狼不能登，环而守之。夜既深，狼忽散去。某亦不敢下，以待天明，冀行者之助己也。俄而狼大至，有小狼衔大狼尾行。视之，瞎

狼狈

狼也，即某前剔其目者。其来也，将甘心于仇，以快其志。又一狼负狈[4]至。狈足前短后长，处于狼背，熟视稻积，忽衔稻一束，望后掷之。群狼喻意，争衔稻，稻积将塌。

会向晨[5]，有荷锄及担者数人来，某大呼救，数人操具奔至，狼乃始解去。

由此观之，济[6]狼之恶者狈也，狈策[7]而狼攻。《酉阳杂俎》所载事[8]类此。

简注：

本篇选自乐钧《耳食录》。

1. 海州：州名。在今江苏灌云县一带。2. 决足：断足。3. 稻积：稻草堆。4. 狈：传说中的兽，是狼群中的"高人""军师"。狈的前腿特别短，行走时必须把前腿搭在狼身上，否则就不能行动。成语有"狼狈为奸"。狈也许就是狼，是狼群中前肢发育不全而智力超群的残疾狼。5. 会向晨：正好天色将明。6. 济：增益，救助。7. 策：计谋，策划。8.《酉阳杂俎》所载事：段成式《酉阳杂俎·狼冢》云："临济郡西有狼冢。近世有人曾独行于野，遇狼数十头，其人窘急，遂登草积上。有两狼，乃入穴中负出一老狼。老狼至，以口拔数茎草，群狼遂径拔之。积将崩，遇猎者救之而免。其人仍相率掘此冢，得狼百余头，杀之。疑老狼即狈也。"

今译：

海州狼患多，村民捉到狼崽，或者杀掉，或者挖眼断脚，仍旧放回去，用意是以此来警告狼群。

后来，村民某人，傍晚从外镇回家，在路上遇到几只狼，狼好像认识他，齐力向前。某人急跑，躲避在稻草堆上。狼不能登上，就环绕稻草堆看守着。夜已深，狼群忽然离去，某人也不敢下来，等待天明，希望有行人来帮助自己。一会儿大批的狼来了，有小狼衔着大狼的尾巴行走。一看，是瞎狼，就是先前被挖去眼睛的。它所以要来，是称心如意地进行复仇，以解心头之恨。又有一狼背着一只狈来到。狈的腿前短后长，趴在狼身上，仔细地看看稻草堆，忽然衔起一束稻，往后一抛。群狼明白了它的意思，争相衔稻，顷刻之间稻草堆即将倒塌。

正好天亮了，有扛着锄头挑着担子的几个人走过来，某人大声呼救，几个人操着家伙奔跑过来，狼就开始散去。

由此看来，助狼为恶的是狈，狈出谋划策，而狼就去猛烈进攻。《酉阳杂俎》所记载的故事，与此相似。

象

象的故事

山海异闻
——古书里走出来的动物们

原文：

粤中有猎兽者，挟矢如山[1]。偶卧憩息，不觉沉睡，被象来鼻摄而去。自分[2]必遭残害。未几，释置树下，顿首一鸣，群象纷至，四面旋绕，若有所求。前象伏树下，仰视树而俯视人，似欲其登。猎者会意，即足踏象背，攀援而升。虽至树巅，亦不知其意向所存。

少时，有狻猊[3]来，众象皆伏。狻猊择一肥者，意将搏噬。象战栗，无敢逃者，惟共仰树上，似求怜拯。猎者会意，因望狻猊发一弩，狻猊立殪[4]。诸象瞻空，意若拜舞。

猎者乃下，象复伏，以鼻牵衣，似欲其乘。猎者随跨身其上，象乃行。至一处，以蹄穴地[5]，得脱牙无算。猎人下，束治置象背。象乃负送出山，始返。

简注：

本篇选自蒲松龄《聊斋志异》。原题作《象》。这则故事脱胎于《太平广记·广异记》中的《安南猎者》，但文字比《安南猎者》简洁，字数只有原作的三分之一，文笔也更明白而生动。

1. 如山：进入山中。如，往，去。2. 自分（fèn）：自己料想。3. 狻（suān）猊（ní）：传说中的一种猛兽。一说即狮子。4. 殪（yì）：死，杀死。5. 穴地：刨土，使地成为洞穴。穴，这里作动词。

今译：

广东有一猎人，带着弓箭前往山中。偶然躺下休息，不知不觉睡熟了，被前来的大象用鼻子卷去。猎人自己料想必然会遭残害。没多久，大象把他安置在树下，以头触地，一声长鸣，一群象纷纷来到，在猎人四周盘旋，好像有所请求。先前那象趴在树下，仰头看看树，又低头看看猎人，好像要他爬上树去。猎人领会了象的意思，就脚踩象背，攀援上树。虽然爬到了树顶，也不知象的意图是什么。

过了一会儿，有只狮子来了，群象全都伏在地上。狮子选择一只肥象，想扑上去吃它。群象颤抖，没有敢逃走的，只是全都仰望树上，好像在请求猎人可怜并援救它们。猎人明白了，就向狮子发射一箭，狮子立即毙命。群象仰望天空，意思好像在拜舞庆贺。

猎人下了树，大象又伏在地上，用鼻子牵动猎人的衣服，好像要他乘到背上。猎人随即就跨上象背，象就前行。到了一个地方，象用脚刨开一个坑穴，得到脱落的象牙不计其数。猎人下了象背，捆束起一批象牙放在象背上。大象就驮着象牙和猎人送出山谷，然后才返回。

交人驯象

原文：

交趾[1]山中有石室，唯一路可入，周围皆石壁。交人先置乌豆[2]于中，驱一雌驯象入焉，乃布甘蔗于道，以诱野象。象来食蔗，则纵驯雌入野象群，诱之以归。既入，因以巨石窒[3]其门。野象饥甚，人乃缘石壁饲驯雌。野象见雌得饲，始虽畏之，终亦狎[4]而求之。益狎，人乃鞭之以棰。少驯，则乘而制之，

凡制象必以钩。交人之制象也，正跨其颈，手执铁钩以钩其头：欲象左，钩头右；欲右，钩左；欲却，钩额；欲前，不钩；欲象跪伏，以钩正案[5]其脑；复重案之，痛而号鸣。人见其号也，遂以为象能声喏焉。人见其群立而行列齐也，不知其有钩以前、却、左、右之也。盖象之为兽也，形虽大而不胜痛，故人得以数寸之钩驯之。久久亦解人意，见乘象者来低头跪膝，人登其颈，则奋而起行。

简注：

本篇选自周去非《岭外代答》。

1. 交趾：趾，一作"址""阯"。古地区名，后改名为交州。辖境相当今中国广东、广西的大部以及越南北部和中部地区。2. 刍豆：喂牲畜的草和豆。3. 窒（zhì）：阻塞。4. 狎（xiá）：态度不庄重的亲近。5. 案：通"按"。

今译：

交州山中有一所石头房子，只有一条路可以进入，四周都是山岩峭壁。交州人预先把草和豆放在里面，驱赶一头已经驯服的雌象进去，就撒布甘蔗在路上，用来诱捕野象。野象来吃甘蔗，便放已驯服的雌象混入野象群中，引诱野象一道回到石头房子里。一进入，就用大石头把门堵塞。野象很饿的时候，人就沿着石壁进入石屋饲喂驯服的雌象。野象看见雌

象得到饲喂，开始虽然有点害怕，终于还是向人表示亲近要求得到食物。更加亲近以后，交州人就用鞭子抽它。稍微驯服后，就可以乘到野象身上来控制它，

凡是制伏野象，必须要用铁钩。交州人驯象时，要正跨在象的脖颈上，手执铁钩来钩象头：要象向左，就钩头的右面；要向右，就钩左面；要后退，就钩前额；要向前，就不钩；要象跪下，就用钩正面按它的头；再重些按它，象就痛得叫起来。人们听见它叫，便以为象能答应人。人们看见象能成群站立而且行列整齐，却不知有铁钩在指挥它向前、向后、向左、向右。象，这种野兽，形体虽然庞大，却经受不起疼痛，所以人们能够用几寸长的铁钩把它制伏。时间久了，象也理解人意，看见乘象的人来就低头跪膝，当人登上它的颈上之后，它就奋起前行。

鹿的故事

山海异闻
——古书里走出来的动物们

原文：

① 獐腹塞草

青州¹有刘悊者，元嘉²初，射得一獐³，剖腹，以草塞之，蹶然⁴而起，俄而前走。悊怪而拔其塞草，须臾还卧，如此三焉。悊密录此种，以求其类，理创⁵多验。

简注：

本篇选自《太平广记·述异记》。

1.青州：在今山东青州市一带。2.元嘉：南朝宋时宋文帝刘义隆的年号，时为公元 424 − 453 年。3.獐：鹿属。又称獐子、牙獐、河鹿。外形像鹿而较小，无角，雄的犬齿发达，形成獠牙。毛粗长，黄褐色。行动敏捷，善跳跃，能游泳。属国家二级保护动物。4.蹶（guì）然：急遽的样子，动作敏捷的样子。此处不读 jué。5.理创：医治创伤。

今译：

青州有个叫刘悊的人，在元嘉初年，射得一只獐子，剖腹后，用草塞进去，獐子竟然敏捷地站起来，不一会儿就向前行走。刘悊觉得奇怪，便把塞进腹中的草拔出来，獐子马上又倒卧在地。三番四复地试验，都是如此。刘悊暗暗地记录下这种草，以寻求同类的草，用这种草来治疗创伤，很灵验。

原文：

鹿衔草

关外¹山中多鹿。土人戴鹿首，伏草中，卷叶作声，鹿即群至。然牡²少而牝³多。牡交⁴群牝，千百必遍，既遍遂死。众牝嗅之，知其死，分走谷中，衔异草置吻旁以熏之，顷刻复苏。急鸣金施铳⁵，群鹿惊走。因取其草，可以回生⁶。

简注：

本篇选自蒲松龄《聊斋志异》。

1. 关外：指山海关以东或嘉峪关以西一带地区。2. 牡（mǔ）：雄性的。3. 牝（pìn）：雌性的。4. 交：交配，交合。5. 鸣金施铳（chòng）：敲锣放枪。金，指锣。铳，旧时用火药发射弹丸的管形火器。6. 回生：死后复活。

今译：

关外山中有许多鹿。当地的人戴上鹿头做的假面具，潜伏在草丛中，卷起树叶，吹出响声，这时鹿群就会到来。然而雄鹿少而雌鹿多。雄鹿与许多雌鹿交配，不管雌鹿有多少，必定普遍交配到，遍交以后就衰竭而死。众雌鹿嗅嗅雄鹿，知道雄鹿已死，就分别跑进山谷中，衔来奇异的草放在雄鹿的嘴边来熏它，不一会儿雄鹿就复活苏醒了。这时潜伏在草丛中的人就敲锣放枪，群鹿便受惊逃走。就取得那些异草，这些异草可以使人起死回生。

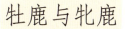

牡鹿与牝鹿

原文：

鹿，处处山林中有之。马身羊尾，头侧[1]而长，高脚而行速。牡者有角，夏至则解[2]。大如小马，黄质白斑，俗称马鹿。牝者无角，小而无斑，毛杂黄白色，俗称麀[3]鹿，孕六月而生子。鹿性淫，一牡常交数牝，谓之聚麀[4]。性喜食龟，能别良草。食则相呼，行则同族，居则环角外向以防害，卧则口朝尾闾[5]以通督脉[6]。……《名苑》云，鹿之大者曰麈[7]，群鹿随之，视其尾为准。其尾能辟尘，拂毡则不蠹，置茜帛[8]中，岁久红色不黯也。

简注：

本篇选自李时珍《本草纲目》。

1.侧：倾斜不正，指鹿头上宽下窄。2.解：脱落。3.麀（yōu）：母鹿。4.聚麀：《礼记·曲礼》："夫惟禽兽无礼，故父子聚麀。"聚，共也。麀，雌鹿。喻指乱伦行为。5.尾闾：传说中的海水所归之处。引申为事物的归向。这里指肛门等大小便排泄之处。6.督脉：中医学名词，奇经八脉之一。身后之中脉曰督脉。其循经路线，起于尾闾骨端长强穴下的会阴部，随脊柱直上到颈项风府穴，脉气入于脑部上巅，下循到鼻部止。7.麈（zhǔ）：驼鹿。其头类鹿，脚类牛，尾类驴，颈背类骆驼，而观其全体，皆不完全相似，故俗称"四不像"。其尾可制拂尘。8.茜（qiàn）帛：红色丝绸。茜草根可

作大红色染料，因而茜也指大红色。

今译：

　　鹿，各处山林中都有。身体像马，尾巴像羊，头部上宽下窄而比较长，腿长而行动迅速。雄鹿有角，夏天到时自动脱落。雄鹿大如小马，毛色黄底白斑，俗称"马鹿"。雌鹿没有角，体小无斑纹，毛色杂有黄白色，俗称"麀鹿"，怀孕六个月生子。鹿性好淫，一只雄鹿常与几只雌鹿交配，这叫"聚麀"。鹿喜欢吃龟，能辨别有医疗作用的异草。它们吃食时互相招呼，行动时共同结伴，居住时鹿角连环向外以防侵害，睡卧时口鼻朝着尾闾以循环贯通督脉之气。……《名苑》说，鹿中特大者叫麈，群鹿跟随着它，把它的尾巴当作标准。麈的尾巴能够排除灰尘，用来拂拭毛毡就不会蛀蚀，把麈尾放在红色丝绸中，年岁久远那红色也不会昏暗褪色。

猿猴

猿猴故事

山海异闻
——古书里走出来的动物们

原文：

狖畏狖

狙¹最畏狖²，遥见之，则百十成群，罗而跪，无敢遁者。凝睛定息，听狖至，以爪遍揣其肥瘠，肥者则以片石志巅顶，狙戴石而伏，悚若木鸡，唯恐堕落。狖揣志已，乃次第按石取食，馀始哄散。

简注：

本篇选自蒲松龄《聊斋志异》。节录自《黑兽》篇的《异史氏曰》。

1. 狙：猕猴，又称猢狲、沐猴、恒河猴。2. 狖：猿猴的一种，轻捷善攀援，体大如猿，长尾，尾作金色，又称金线狖、金丝猴。

今译：

猕猴最畏惧狖，远远看见狖来，百十成群的猕猴，就排列而跪，没有敢逃跑的。眼神呆滞，屏住呼吸，听任狖来后，用爪子把它们挨个地摸摸捏捏，确定它们的肥瘦，然后就在肥者的头顶上放块石头片做标记。猕猴顶着石头片伏在地上，恐惧得呆若木鸡，唯恐石头片掉落下来。狖在捏摸和放好石头片以后，就按照石头片的次序取来食用，其余的猕猴此时方敢一哄而散。

山魈

原文：

山魈[1]者，岭南所在有之。独足反踵，手足三歧[2]。其牝好傅脂粉。于大树空中作窠，有木屏风帐幔，食物甚备。南人山行者，多持黄脂铅粉[3]及钱等以自随。遇雄者谓之"山公"，必求金钱。遇雌者谓之"山姑"，必求脂粉。与者能相护。

唐天宝[4]中，北客有岭南山行者，多夜惧虎，欲上树宿，忽遇雌山魈。其人素有轻赍，因下树再拜，呼"山姑"。树中遥问："有何货物？"人以脂粉与之，甚喜。谓其人曰："安卧无虑也。"人宿树下。中夜，有二虎欲至其所。山魈下树，以手抚虎头曰："斑子[5]，我客在，宜速去也。"二虎遂去。明日辞别，谢客甚谨。

其难晓者：每岁中与人营田，人出田及种，馀耕地种植，并是山魈。谷熟则来唤人平分。性质直，与人分，不取其多。人亦不敢取多，取多者遇天疫病。

简注：

本篇选自《太平广记·广异记》。

1. 山魈：猿猴的一种，体形高大，外形怪异可怕。体长约一米，头大，两眼漆黑深陷，脸蓝色，鼻子红色，有白须，臀部鲜红色，尾极短，全身毛黑褐，腹部毛灰白色，喜群居，多产于非洲西部。古人对山魈了解不多，民间传说中常把山魈当成是山林中的独脚妖怪，或称山精。2. 手足三歧：手指和脚趾都是三个。3. 黄脂铅粉：泛指五颜六色的化妆品。4. 天宝：唐玄宗年号。5. 斑子：这里称老虎。虎身有斑纹，故称斑子。

今译：

山魈，岭南那地方就有。一条腿，脚跟反转，手指和脚趾都是三个。那雌山魈喜欢敷抹脂粉。山魈在大树空洞中作窠，有木屏风和帐幔，食物非常充足。南方人在山中行走的，大多随身带着五颜六色的化妆品以及一些钱财。遇到雄山魈就称它"山公"，它必定向人要金钱。遇到雌山魈就称它"山姑"，它必定向人要脂粉。给予它金钱或脂粉的，就能得到它的保护。

唐代天宝年间，在岭南山中行走的北方客人，大多在夜晚惧怕老虎。有人就爬到树上住宿，不料忽然遇到雌山魈。那客人平日总带着一些礼物，便下树跪拜，口呼"山姑"。树中山姑遥问："有什么货物吗？"客人就将脂粉相赠，山姑十分喜欢。就对客人说："你安心睡觉，不要害怕。"于是客人就眠宿于树下。半夜时，有两只老虎来到此处。山魈就下树，用手抚摸虎头说："斑子，我的客人在这里，请你快些离开。"两虎便离去了。第二天客人辞别，山魈答谢十分恭敬有礼。

其中最让人弄不懂的是：每年与人经营田地，农民只要出土地和种子，其他耕地种植等等事务，全由山魈承担。谷物成熟时就请农民来平分。山魈性情质朴耿直，与人平分，绝不多取。人也不敢多取，多取者会遭遇瘟疫病。

3

猿翁谢医

原文：

灵石[1]吴先生善外科。一日负药囊自别村归，至绵山[2]畔。绵山者，沁源众山[3]之支脉也，崅岈[4]莫测。

忽有猴数十，啾唧呱呇，环之不得行。又有巨猴两，自山下取其药囊搭小猴臂，一前导，一后推。行约十余里，地极幽邃，多花木。坐吴先生于松荫石床上，用石瓯[5]献茶，茶不热而能温，淡黄有香气；以石片捧果至，果之中多不知名者。前有洞，洞门半闭。一巨猴入，少顷四猴出，腰间披树叶，见之肃揖，揖吴先生入。

洞中甚幽洁，一猿翁白须髯，沉吟倚床，见之点首作谢状。随所指视之，盖腰膝之间病疽也。吴傅以刀圭[6]，辞之欲行。猿翁坚留，馆于别洞。夜卧处铺草如锦，群猴侍立甚恭谨，不时进果蓏[7]之属。

约三日许，疽已愈。吴曰："吾其行矣。"猿翁西指，谓日已暮。是夜，夜静后，觉乱山中奔波往来，声呼不绝，时闻猿翁叱咤[8]声。最后有巨玃[9]扛石二块，猿翁喜。请吴先生空其囊，贮以二石。仍令群猴送之绵山之下汾水[10]上，啸而散去。

先生负药囊重不可支，倾之见二石，且怒且笑，遂投之于汾，汾水骤干。先生惊骇，求石不得。然是地固常有泛滥忧，自投石后永无患。

简注：

本篇选自徐昆《柳崖外编》。

1. 灵石：在今山西灵石县。2. 绵山：在今山西介休市东南。3. 沁源众山：指山西境内的霍山山脉。4. 崅（hán）岈（xiā）：山深谷空的样子。

5. 石瓯：石制的小碗、小盆、小杯之类的器皿。6. 傅以刀圭：敷上药物。傅通"敷"。刀圭，古时量取药物的用具，章太炎《新方言·释器》云，刀圭古音读如"条耕"，后人写作"调羹"。古人常以刀圭借指药物。7. 果蓏（luǒ）：蓏，瓜类果实。果和蓏如何区别？有人说：木实曰果，草实曰蓏；有核曰果，无核曰蓏；木上曰果，地上曰蓏。8. 叱（chì）咤（zhà）：怒喝。9. 玃（jué）：大猴。10. 汾水：流经山西中部的南北向的大河。

今译：

灵石县的吴先生擅长外科医术。有一天背着药囊从别的村庄归来，走到绵山附近。绵山是沁源众山的支脉，山峻谷空，深不可测。

忽然出现几十只猴子，叽叽喳喳，声音纷杂，围绕着吴先生使之不能前行。又有两只巨大的猴子，从山下取来吴先生的药囊，搭在小猴臂上，一只大猴前导，一只大猴后推。走了大约十多里，来到一个很幽邃的地方，有很多花木。请吴先生坐在松树荫下的石床上，用石瓯献茶，茶不烫，温和爽口，茶色淡黄，散发出清香；又用石片捧着水果来，水果中有许多叫不出名称。前面有个洞，洞门半闭。一只大猴进去，不久四只猴子出来，腰间披着树叶，见到吴先生就恭敬地作揖，请吴先生入洞。

洞中非常幽静整洁，一个猿翁胡须雪白，靠在床上呻吟，见到吴先生点点头表示感谢。随猿翁所指的地方一看，原来是腰膝之间生了痈疽。吴先生为其敷上药物后，就想辞别离去。猿翁坚决挽留，把吴先生安置在别的洞中歇息。夜晚卧处铺草像锦缎，群猴侍立在旁非常恭谨，经常进献瓜果之类美食。

大约过了三天多，毒疮已经痊愈。吴先生说："我该走了。"猿翁向西天指指，意思是天已晚了。这天晚上，夜静后，觉得乱山中猿猴们往来奔波，呼声不绝，还常听到猿翁的怒喝声。最后有巨猿扛来两块石头，猿翁很高兴。便请吴先生空出药囊，装进这两块石头。还命令群猴送吴先生到绵山之下的汾水岸边。送到后群猴便呼啸着散去。

吴先生背着药囊感到沉重得难以支持，倒出一看是两块石头，又是生气又是好笑，就把石头投进了汾水，不料汾水忽然干涸了。吴先生大惊，寻找河里石头却不见了。然而这段汾水本来常常泛滥成灾，自从投下石头后就永无水患。

猴哥捉雕

原文：

绍兴程生，作幕西川[1]，以一八哥[2]、一猴自随。字[3]八哥曰"巧"，字猴曰"捷"。

客来则猴前导，客坐则八哥呼茶。及一切应用而细小者，辄令八哥衔之。客戏曰："林甫常妻梅子鹤[4]，子殆仆捷妾巧耶[5]！"捷与巧亦深相得，左之右之，驯习而向程生。一刻不见辄相互觅，觅见而愈驯。

一日，程生独坐小院，把酒对花。令猴司阍[6]，曰："勿令俗客至。"命八哥曰："巧儿，我围带在室，可取至。"八哥应命飞入室。方出户，有老雕自天陡下，攫得之。八哥度不能免，松口落带于花阶上，呼曰："程相公！程相公！八哥被老雕攫去，带子在花阶上。"又呼曰："猴哥！猴哥！……"声愈哀而远。

程生回首不见巧哥，花阶上带犹存，鲜血沥沥，毛羽纷飞，大叫一声，酒杯掷十步许，摔坐凳几碎。须臾，猴亦至，向天哀号，跳四五尺，狰狞拍手，绕毛血而转者数十次。程生谓之曰："捷，我与若[7]及巧哥性命之依也。今巧哥遭恶雕，若能为我雪此耻，为巧复仇乎？"猴点头若

解意者。

署前有旗竿高数丈，近顶有斗。猴晨起持一雏鸡，盘竿而上，蹲斗中，以一手擎雏鸡露斗旁。一雕旋而下，将及斗，猴跃而攫得之，详视裂杀之而下，置程生前。程生曰："若[8]即杀我巧哥者乎？"猴摆手，意以为非是。次日凌晨，又持雏鸡往斗间，如前状。抵午，攫二雕裂杀之，又置程生前。程生曰："二雕中有杀我巧哥者乎？"猴又摆手。

至三日，群雕方盘旋大树间，猴入厨取碎肉可升许，散而布于地。猴藏树间，群雕下贪食。猴审良久[9]，疾下攫其一，急趋程生前，活而按之。程生曰："此果杀我巧哥之罪雕乎？"猴点首。问："何以知之？"猴指其翅间有血片，又有红绦挂于爪，视之果即八哥所系者。程生设巧哥位，谓猴曰："捷儿行刑！"猴遂沥其血，滴巧哥位前，碎裂之，仍三跃三呼而后退。

简注：

本篇选自徐昆《柳崖外编》。

1.作幕西川：到西川衙署中做幕僚。2.八哥：鸟名，也叫"鸲（qú）鹆（yù）"，能模仿人说话。3.字：另取的别名。这里的"字"作动词用，"为……取别名"。4.林甫常妻梅子鹤：林逋曾经以梅为妻，以鹤为子。林甫应为林逋之误。常通尝。林逋，宋人，隐居于杭州西湖孤山，无妻无子，种梅养鹤以自娱，因此人称他"梅妻鹤子"或"妻梅子鹤"。5.子殆仆捷妾巧耶：你差不多以捷为仆以巧为妾啊！殆，几乎，差不多。6.司阍：看守大门。7.若：此处为第二人称代词，相当于"你"，下文"若能为我雪此耻，为巧复仇乎"中的"若"也如此。8.若：疑问代词，相当于"此""这样"。"若即杀我巧哥者乎"中的"若",与下文"此果杀我巧哥之罪雕乎"的"此"相对为文。

9.审良久：仔细观察很久。

今译：

浙江绍兴的程生，到西川衙署做幕僚，身边带着一只八哥和一只猴子。他为八哥取个名字叫"巧"，为猴子取个名字叫"捷"。

客人来了猴子在前面引导，客人坐下后八哥呼唤上茶。一切细小的应用品就叫八哥叼来。客人对程生开玩笑说："林逋曾经以梅为妻、以鹤为子，你差不多以捷儿为仆、以巧儿为妾啊！"捷儿和巧儿也十分友爱，一个在左边，一个在右边，温顺地围绕着程生。一刻不见就互相寻找，找到后就更加温驯可爱。

有一天，程生独自坐在小院中，端着酒在赏花。他叫猴子看守大门，说："莫让俗客闲人来打扰。"又对八哥说："巧儿，我的围带在房中，帮我取来。"八哥遵命飞入房中。刚出房门，有一老雕从天而降，抓住了八哥。八哥估计不能脱险，就松口将围带落在花坛上，然后呼喊："程相公！程相公！八哥被老雕抓去了，围带在花坛上。"又喊道："猴哥！猴哥！……"声音愈来愈悲哀而远去。

程生回头不见巧哥，花坛上围带尚在，鲜血淋淋，羽毛纷飞，程生大叫一声，把酒杯扔到十几步外，把坐凳几乎摔碎了。不一会儿，猴子也来了，它向天哀号，跳起四五尺高，暴烈地击掌，围绕着羽毛和血迹盘转数十圈。程生对猴子说："捷儿，我同你及巧哥相依为命。如今巧哥遭受恶雕残害，你能为我雪耻、为巧哥复仇吗？"猴子点头表示理解。

衙署前有旗竿，高数丈，近顶处有个斗。猴子早晨起来拿一只童子鸡，爬上竿顶，蹲在斗中，用一只手执童子鸡露在斗旁。有一雕盘旋而下，将要触及斗时，猴子跃起抓住了雕，详细观看后裂杀了它，然后爬下旗竿，把死雕放在程生面前。程生说："这就是杀我巧哥的恶雕吗？"猴子摆摆手，意思认为不是它。第二天凌晨，猴子又持一只童子鸡爬到斗中，像上次一样。到了中午，抓住两只雕，裂杀之后，又放到程生面前。程生问："二雕之中有杀我巧哥的恶雕吗？"猴子又摆摆手。

到了第三天，群雕正盘旋于大树间，猴子进入厨房取出一升多碎肉，撒在地上。猴子躲藏在树上，群雕纷纷落下贪婪地抢吃碎肉。猴子仔细观察很久，突然从树上跳下，抓住了其中一只，急奔到程生面前，把活雕按倒在地。程生说："这果真是杀我巧哥的恶雕吗？"猴子点点头。问："凭什么知道是它呢？"猴子指雕的翅膀上有血片，又有红绦挂在爪子上，一看，果然是八哥生前所系的。程生就设立巧哥牌位，对猴子说："捷儿行刑！"猴子就取雕血，滴在巧哥牌位前，再把恶雕撕裂成碎片，还多次跳跃多次高呼而后退下。

原文：

王仁裕[1]尝从事于汉中[2]，家于公署。巴山有采捕者献猿儿焉，怜其小而慧黠[3]，使人养之，名曰"野宾"。呼之则声声应对，经年则充博壮盛[4]。縻絷[5]稍解，逢人必啮之，颇亦为患。仁裕叱之，则弭伏而不动，余人纵鞭棰亦不畏。

其公衙子城[6]缭绕，并是榆槐杂树，汉

⑤ 猿儿野宾

高庙[7]有长松古柏，上鸟巢不知其数。时中春[8]日，野宾解逸[9]，跃入丛林，飞踔[10]于树梢之间。遂入汉高庙，破鸟巢，掷其雏卵[11]于地。是州衙门有铃架，群鸟遂集架引铃。主使令寻鸟所来，见野宾在林间。即使人投瓦砾弹射，皆莫能中。薄暮腹枵[12]，方馁而就縶。

乃遣人送入巴山百余里溪洞中。人方回，询问未毕，野宾已在厨内谋餐矣。又复縶之。

忽一日解逸，入主帅厨中，应动用食器之属[13]，并遭掀扑秽污。而后登屋，掷瓦拆砖。主帅大怒，使众箭射之。野宾骑屋脊而毁拆砖瓦。箭发如雨，野宾目不妨视，口不妨呼，手拈足掷，左右避箭，竟不能损其一毫。

有使院[14]老将马元章曰："市上有一人，善弄胡狲。"乃使召至，指示之曰："速擒来！"于是大胡狲跃上衙屋赶之，逾垣蓦[15]巷，擒得至前。野宾流汗体浴[16]而伏罪。主帅亦不甚诟怒，众皆看而笑之。

于是颈上系红绡一缕，题诗送之曰：

放尔丁宁复故林，旧来行处好追寻。

月明巫峡堪怜静，路隔巴山莫厌深。

栖宿免劳青嶂梦，跻攀应惬碧云心。

三秋果熟松梢健，任抱高枝彻晓吟。

又使人送入孤云两角山[17]，且使縶在山家。旬日后，方解而纵之，不复再来矣。

后罢职入蜀，行次嶓冢[18]庙前，汉江之壖[19]。有群猿自峭岩中连臂而下，饮于清流。有巨猿舍群而前，于道畔古木之间，垂身下顾，红绡仿佛而在。

从者指之曰："此野宾也！"呼之，声声相应。立马移时[20]，不觉恻然。即耸辔[21]之际，哀叫数声而去。及陟山路，转壑回溪之际，尚闻呜咽之音，疑其断肠[22]矣。

遂继之一篇曰：

> 嶓冢祠边汉水滨，此猿连臂下嶙峋。
>
> 渐来仔细窥行客，认得依稀是野宾。
>
> 月宿纵劳羁绁梦，松餐非复稻粱身。
>
> 数声肠断和云叫，识是前年旧主人。

简注：

本篇选自《太平广记·王氏见闻记》。

1. 王仁裕：唐末为秦州节度判官，后仕前蜀为翰林学士。后又在后唐、后晋、后汉、后周任职。著有《王氏见闻记》《玉堂闲话》《开元天宝遗事》《唐末见闻录》等。2. 从事于汉中：在汉中郡充当州郡长官的僚属。唐时汉中郡治所在南郑，在今陕西汉中东。3. 慧黠（xiá）：聪敏而狡猾。4. 充博壮盛：指逐渐充盈壮实。5. 縻絷（zhí）：绳索。6. 子

城：附属于大城的小城，如内城、月城等。这里指内城。7. 汉高庙：汉高祖刘邦的庙。8. 中春：仲春，春季的第二个月份，即农历二月。9. 解逸：解脱了绳索逃走。10. 踔（chuō）：腾跃，超越。11. 雏卵：幼鸟和鸟蛋。12. 枵（xiāo）：空，虚。13. 应动用食器之属：一切应用的炊具之类。14. 使院：指州郡官署。15. 蓦（mò）：超越。16. 流汗体浴：浑身大汗，像在洗澡一样。17. 孤云两角山：又名措大岭，位于兴元府（治所在今陕西汉中市东）南部。

18. 嶓冢：山名，在陕西南部。19. 壖（ruán）：同"堧"，空地，余地。20. 立马移时：停马多时。移时，时辰迁移变化，形容时间已久。21. 耸辔：提缰策马。22. 断肠：形容极度思念或极度悲伤。

今译：

王仁裕曾经在汉中郡衙署中充任僚属，就住在衙署里。巴山猎人献来一只幼猴，衙署中人爱怜它幼小而且聪敏狡猾，就派人收养了它，为它起个名字叫"野宾"。喊它的名字便声声相应，过了一年就逐渐长得充盈健壮了。绳索稍微松开，它就见人就咬，成了祸患。只有王仁裕呵斥它，它才会驯服地趴着不动，其他人即使使用鞭子抽它，它也不怕。

汉中郡衙署被内城环绕，到处都是榆树、槐树等杂树，附近的汉高庙内有长松古柏，上面的鸟巢不知其数。农历二月时，野宾弄开绳索逃走了，它跳入丛林，飞腾在树梢之间。它腾跃进汉高庙，破坏鸟巢，把幼鸟和鸟蛋投掷到地上。这个州郡衙署内有铃架，现在群鸟都逃到衙署内，

集聚在铃架上，搅动得铃声乱响。主帅命令弄清楚这些鸟是从哪儿来的，发现野宾在林间胡作非为。立即派人投瓦砾、用弹弓弹射，都打不中它。直到黄昏肚子饥饿难忍，野宾方才气馁就擒。

主帅就派人把野宾送到巴山百余里外的溪洞中。送的人刚回来，询问还没有结束，野宾已经在衙署厨房里寻找东西吃了。只好再次用绳索把它拴起来。

忽然有一天野宾弄开绳索逃走，进入主帅专用的厨房里，把一切应用的炊具之类，都掀翻在地，弄得污秽不堪。然后登上房屋，掷瓦拆砖。主帅大怒，命令众人用箭射它。野宾骑在屋脊上继续毁拆砖瓦。箭发如雨，

然而野宾眼睛依然四顾，嘴巴依然高呼，手取脚踢，左右避箭，竟然不能损伤它的一根毫毛。

有位衙署老将马元章说："街上有个人，善于弄猢狲。"主帅就派人将他召来，指示他说："赶快把野宾捉来！"于是让一只大猢狲跃上衙署屋顶追逐野宾，翻墙窜巷，终于把野宾捉住押至主帅面前。野宾大汗淋漓伏地认罪。主帅也不太责骂愤怒，大家都看着笑着。

于是在野宾颈子上系上一条红绡，王仁裕还题诗一首送它：

释放你并叮咛你回归故林，旧时的来处好好地去追寻。

月光下的巫峡多么可爱宁静，路隔着巴山莫嫌路程幽深。

能栖宿在青山了可以免劳梦想，能攀缘高处可实现与白云为伴的童心。

晚秋时节果实成熟了松树更粗壮，任凭你抱着高枝彻夜啸吟。

主帅又派人把野宾送进孤云两角山，并且用绳索拴在山民家中，十天后，才解开绳索放走它，从此以后再也没有回来。

后来王仁裕免职入蜀，行走到汉江之滨的嶓冢庙前时，有一群猴子从峭岩中连臂而下，饮水于清流。有一巨猿离开猴群跑到前面，在路旁的古树上，垂身向下探望，红绡仿佛仍旧在它颈子上。随从的人指着它说："这就是野宾！"呼喊它的名字，它声声相应。王仁裕停马多时，不觉心中涌上一股凄凉。等到提缰策马离开之时，野宾哀叫数声而去。后来登攀山路，在转壑回溪之处，还能听到野宾的呜咽之声，大概此时它正处在极度悲伤之中。

王仁裕继而写诗一首，大意是：

在嶓冢庙旁汉江之滨，这群猴子连臂而下不怕山崖嶙峋。

逐渐靠近仔细窥视行人，依稀认得窥探者竟然是野宾。

夜宿山林还常做被拘押的噩梦，松子野果远比米饭馒头甜香。

令人肠断的哀鸣在高山白云间回荡，它认出了旧时友善的主人。

狐狸

狐狸故事

山海异闻
——古书里走出来的动物们

原文：

表伯王洪生家，有狐居仓中，不甚为祟[1]；然小儿女或近仓为戏，辄[2]被瓦击。一日，厨下得一小狐，众欲捶杀以泄愤。洪生曰："是挑衅也。人与妖斗，宁有胜乎？"乃引至榻上，哺以果饵[3]，亲送至仓外。自是儿女辈往来其地，不复击矣。此不战而屈人[4]也。

小狐

简注：

本篇选自纪昀《阅微草堂笔记》。

1.祟（suì）：指妖魔鬼怪带来的灾祸。2.辄（zhé）：就，往往，总是。3.果饵：糖果、点心之类的食品。4.不战而屈人：语出《孙子兵法·谋攻篇》："百战百胜，非善之善者也；不战而屈人之兵，善之善者也。"

今译：

表伯王洪生家，有狐狸居住在粮仓中，平日并不太作祟。然而小孩子有时靠近粮仓游戏时，往往会遭到瓦片的射击。有一天，在厨房里捉到一只小狐狸，大家都想打死它来泄愤。表伯王洪生却说："这样做是故意挑起争端。人同妖争斗，难道能有胜者吗？"于是就把小狐引导到床榻上，用糖果点心喂它，后又亲自送小狐到粮仓外面。从此以后，小孩子们在粮仓附近往来，不再遭受瓦击。这就是"不战而屈人之兵"。

小女奴

原文：

陈竹吟尝馆[1]一富室。有小女奴闻其母行乞于道，饿垂毙，阴盗钱三千与之。为侪辈[2]所发，鞭箠甚苦。富室一楼有狐借居，数十年未尝为祟。是日女奴受鞭时，忽楼上哭声鼎沸[3]。怪而仰问。闻应声曰："吾辈虽异类，亦具人心，悲此女年未十岁，而为母受箠，不觉失声。非敢相扰也。"主人投鞭于地，面无人色者数日。

简注：

本篇选自纪昀《阅微草堂笔记》。

1. 馆：止宿，客居。2. 侪（chái）辈：同辈或同类的人。3. 鼎沸：像水或汤在锅里沸腾一样喧闹。

今译：

陈竹吟曾经客居在一个富人家。这富人家有个小女奴，听说自己的妈妈在路上乞讨，饥饿得即将倒毙，就偷了三千文铜钱交给妈妈。此事被同伙告发，小女奴受到主人鞭打，非常痛苦。富人家一楼有狐狸借住，几十年来未曾作祟。这天小女奴被鞭打时，忽然楼上哭声鼎沸。主人感到奇怪就仰头询问。听到回应说："我们虽然是异类，但也具有人心，可怜这女孩年纪不到十岁，为了母亲而受到鞭打，我们便不知不觉地失声痛哭起来。并不是有意打扰你。"主人立即把鞭子扔到地上，好几天都面无人色。

原文：

3

狐畏孝妇

沧州¹刘士玉孝廉²有书室为狐所据，白昼与人对语，掷瓦石击人，但不睹其形耳。

知州³平原⁴董思任，良吏也，闻其事，自往驱之。方盛陈人妖异路之理，忽檐际朗然曰："公为官颇爱民，亦不取钱，故我不敢击公。然公爱民乃好名，不取钱乃畏后患耳，故我亦不避公。公休矣！毋多言取困。"董狼狈而归，咄咄⁵不怡者数日。

刘一仆妇甚粗蠢，独不畏狐，狐亦不击之。或于对语时举以问狐，狐曰："彼虽下役，乃真孝妇也。鬼神见之犹敛避，况我曹乎！"刘乃令仆妇居此室，狐是日即去。

简注：

本篇选自纪昀《阅微草堂笔记》。

1. 沧州：明清时治所在长芦，今河北省沧州市。2. 孝廉：本为汉代选举官吏的两种科目名称，孝指孝子，廉指廉洁之士。后合称孝廉。后来俗称举人为孝廉。3. 知州：地方州的长官，掌一州之政令。4. 平原：今山东省德州市平原县。5. 咄（duō）咄：表示惊讶和感慨的叹词。

今译：

沧州举人刘士玉家，有一间书房被狐狸占据，白天与人对话，投掷瓦片石块，射击人，可是却见不到它的外形。

知州董思任是平原人，是个好官，听说此事，自告奋勇前往驱逐。

正当董知州滔滔陈述人妖异路的道理时，忽然屋檐上有响亮的声音说："您做官很爱民，也不贪图钱财，所以我不敢射击您。然而您爱民是爱好名声，不贪图钱财是怕有后患罢了，所以我也不躲避您。您歇歇吧，不要话太多自讨没趣。"董知州狼狈而回，有好几天连连叹息，心情不愉快。

刘家有一个女仆，外表又粗又笨，唯独她不怕狐狸，狐狸也不射击她。有人与狐狸对话时，提出此事，问是何故。狐狸说："她虽然是下等仆役，但却是真正的孝妇。鬼神见到她还要敛迹躲避，何况是我辈呢！"于是刘家主人就叫女仆住到书房里去。狐狸在当天就离开了。

④ 贪婪

原文：

有学茅山法者，劾治鬼魅，多有奇验。有一家为狐所祟，请往驱除。整束法器[1]，克日[2]将行。

有素识老翁诣[3]之曰："我久与狐友。狐事急，乞我一言。狐非获罪于先生，先生亦非有憾于狐也。不过得其贽[4]币，故为料理耳。狐闻事定之后，彼许馈廿四金。今愿十倍其数，纳于先生，先生能止不行乎？"因出金置案上。此人故贪婪，当即受之。

次日，谢遣请者曰："吾法能治凡狐耳。昨召将检查，君家之祟乃天狐，非所能制也。"

得金之后，意殊自喜。因念狐既多金，可以术取。遂考召四境之狐，胁以雷斧火狱[5]，俾纳贿焉。

征索既频，狐不胜扰，乃共计盗其符印。遂为狐所凭附，癫狂号叫，自投于河。群狐仍摄其金去，铢两[6]不存。

简注：

本篇选自纪昀《阅微草堂笔记》。

1.法器：和尚、道士进行宗教活动时所使用的钟、鼓、铙、钹、木鱼等器具。2.克日：约定日期。3.诣（yì）：前往，到某地去看望某人。4.贽（zhì）：古时初次拜见时拿的礼物。5.雷斧火狱：道士所施法术，以雷电为斧，以烈火为狱。6.铢两：极轻微之量。铢，古衡制单位，二十四铢为一两。

今译：

有个学习茅山道法的人，惩治鬼魅，常有神奇的效验。有一人家被狐狸祸害，前来请他去驱除。他就整理法器，定下日子即将前往。

有个一向认识的老翁前来拜访他说："我长期与狐狸友善。狐狸有件事很紧急，求我帮它说句话。狐狸没有得罪过先生，先生也没有因为狐狸而感到不满意。不过是因为收了那家人财礼，故而为之料理一下罢了。狐狸听说事定之后，那家人答应送你二十四金。今天它愿意用十倍的数目，进献给先生，先生能不能把此事停下来？"说完就把金钱放在桌子上。此人素来贪婪，当即就收下金钱。

第二天，他就对请他驱邪的那家人抱歉地说："我的法术只能惩治凡狐罢了。昨天我召集狐狸来检查，发现您家为害的是天狐，不是我所能制伏的。"

得到金钱以后，他洋洋得意。因而又想到狐狸既然金钱很多，可以用手段来榨取。于是就考问召唤四方之狐，并用雷斧火狱相威胁，使它们纷纷献缴贿金。

勒索频繁，群狐受不了他的滋扰，就共同设计盗取他的符印。于是就被狐依附在身，疯狂号叫，跳进河中自杀了。群狐还尽取其钱财而去，一个铜板也不留下。

⑤

轻薄招侮

原文：

邻县一生，故家[1]子也。少年佻达[2]，颇渔猎男色[3]。一日，自亲串[4]家饮归，距城稍远，云阴路黑，度不及入，微雪又簌簌下。

方踌躇间，见十许步外有灯光。遣仆往视，则茅屋数间，四无居人，屋中惟一童一妪。问："有栖止处否？"妪曰："子久出外，惟一孙与我住此。尚有空屋两间，不嫌湫隘[5]，可权[6]宿也。"遂呼童系二马树上，而邀生入坐。妪言老病须早睡，嘱童应客。

童年约十四五，衣履破敝，而眉目极姣好。试挑与言，自吹火煮茗不甚答。渐与谐笑，微似解意，忽乘间悄语曰："此地密迩祖母房，雪晴当亲至公家乞赏也。"生大喜慰，解绣囊玉玦赠之。亦羞涩而受。软语良久，乃掩门持灯去。生与仆倚壁倦憩，不觉昏睡。

比醒，则屋已不见，乃坐人家墓柏下。狐裘貂冠，衣裤靴袜，俱已褫[7]无寸缕矣。裸露雪中，寒不可忍。二马亦不知所在。幸仆衣未褫，乃脱其敝裘蔽上体，鳖蘖[8]而归，诡言遇盗。

俄二马识路自归，已尽剪其尾鬣。衣冠则得于溷[9]中，并狼藉污秽，灼然非盗，无可置词。仆始具泄其情状，乃知轻薄召侮，为狐所戏也。

简注：

本篇选自纪昀《阅微草堂笔记》。

1.故家：世家大族。2.佻达：轻浮放纵。3.渔猎男色：贪恋并追逐少年男子。4.亲串：亲戚。5.湫隘：低湿狭小。6.权：暂且，姑且。
7.褫（chǐ）：剥夺，革除。这里指剥去衣服。8.蹩（bié）躠（xiè）：
跛脚勉力前行的样子。9.溷（hùn）：猪圈，厕所。

今译：

  邻县有个青年，是世家豪门子弟。年纪轻轻便轻浮放纵，很喜爱追
求男色。有一天，从亲戚家喝酒回家，距离城门较远，云低路黑，估计
来不及进城了，此时又簌簌地下起小雪。

  正在犹豫不决之时，看见十几步外有灯光，派仆人前去探视，有茅
屋数间，四周没有邻居，屋中只有一个男孩，一个老妇。问："有歇宿
的地方吗？"老妇说："儿子很久前外出了，只有一个孙儿同我住在此地。
还有两间空屋，如果不嫌低湿矮小，可以暂且歇宿。"于是就呼唤男孩
将两匹马系在树上，邀请来客进屋休息。老妇说自己年老多病须要早些
睡觉，吩咐男孩好好招待客人。

  男孩年龄有十四五岁，衣服鞋子都破旧，然而面容极为漂亮。阔少
爷尝试用语言挑逗男孩，男孩只顾吹火煮茶不太答理他。慢慢地互相说
说笑笑，似乎有些理解了阔少的用意，忽然男孩趁机低声说："此地紧
靠着祖母的房间，等雪停天晴以后，我会亲自到您家乞讨赏赐。"阔少
大为高兴，便解下绣囊玉玦赠送给男孩。男孩羞羞答答地接受了。两人
低声细语好久，然后男孩持灯掩门离去。阔少便与仆人疲倦地靠着墙壁
休息，不知不觉地熟睡了。

  等到醒来，茅屋不见了，只是坐在人家坟墓的柏树下。狐裘貂冠、
衣裤靴袜，都被剥光，身上已经一丝不挂。裸体露宿在雪中，寒冷难忍。
两匹马也不知去向。幸好仆人的衣服没有被剥，便脱下身上的破皮袄，
裹住阔少的上身。阔少跛脚奋力前行，终于回到家中，谎称遭到强盗抢劫。

不一会儿，两匹马认识路自己回来了，不过马尾和马颈上的长毛已经被剪光。又在厕所中发现阔少的衣服帽子等物品，污秽不堪，到处狼藉。这显然不是遇盗，阔少无话可说。仆人开始原原本本说出事情真相，这才知道是阔少轻薄好色招来侮辱，被狐狸戏弄了。

原文：

济南朱子青与一狐友，但闻声而不见形。也时预文酒之会，词辩[1]纵横，莫能屈也。

一日，有请见其形者。狐曰："欲见吾真形耶？真形安可使君见！欲见吾幻形耶？是形既幻，与不见同，又何必见！"众固请之，

狐曰："君等意中，觉吾形何似？"一人曰："当庞眉皓首[2]。"应声即现一老人形。又一人曰："当仙风道骨。"应声即现一道士形。又一人曰："当星冠[3]羽衣。"应声即现一仙官形。又一人曰："当貌如童颜。"应声即现一婴儿形。又一人戏曰："庄子言，姑射神人，绰约若处子[4]。君亦当如是。"即应声现一美人形。又一人曰："应声而变，是皆幻耳。究欲一睹真形。"狐曰："天下之大，孰肯以真形示人者，而欲我独示真形乎？"大笑而去。

子青曰："此狐自称七百岁，盖阅历深矣。"

简注：

本篇选自纪昀《阅微草堂笔记》。

1. 词辩：辩说，论辩。2. 庞眉皓首：眉发花白，形容老年的形貌。庞，庞杂，杂色。3. 星冠：绣绘着星象的帽子。4. 姑射神人，绰约若处子：语出《庄子·逍遥游》："藐姑射之山有神人居焉，肌肤若冰雪，绰约

若处子。"绰约，柔美貌。处子，处女。

今译：

　　济南朱子青与一只狐狸友好，只能听到它的声音，而看不见它的外形。狐狸也时常参加诗文酒会，论辩起来纵横驰骋，无人能够驳倒它。

　　一天，有人请求见见它的外形。狐狸说："想见我的真形吗？真形怎么能让您见到！想见我的幻形吗？此形既然虚幻，与不见相同，又何必见呢？"大家坚决请求要见它的形貌。狐狸说："你们想象当中，觉得我的外形像什么？"一人说："应该眉发花白。"应声就出现一个老人形。又一人说："应该仙风道骨。"应声出现一个道士形。又一人说："应该星冠羽衣。"应声出现一个仙官形。又一人说："应该貌如童颜。"应声出现一个婴儿形。又一人开玩笑说："庄子说，姑射山上的神人，柔美像处女。你也应该是这样。"当即应声出现一个美人形。又一人说："应声而变，这些都是幻形而已。终究还是想看一看你的真形。"狐狸说："天下之大，谁肯把真形显示给别人，难道想叫我独自显示真形吗？"大笑而去。

　　朱子青说："这狐狸自称有七百岁，阅历很深了。"

原文：

⑦ 守墓者

　　海淀有贵家守墓者，偶见数犬逐一狐，毛血狼藉。意甚悯之，持杖击犬散，提狐置室中，俟其苏息，送至旷野，纵之去。

　　越数日，夜有女子款扉[1]入，容华绝代。骇问所自来。再拜曰："身是狐女，昨遭大难，蒙君再生，今来为君拂枕席[2]。"守墓者度无

恶意，因纳之。往来狎昵，两月余，日渐瘵³瘦，然爱之不疑也。

一日，方共寝，闻窗外呼曰："阿六贱婢！我养伤甫愈，未即报恩，尔何得冒托我名，魅郎君使病？脱⁴有不讳⁵，族党中谓我负义，我何以自明？即知事出于尔，而郎君救我，我坐视其死，又何以自安？今偕姑姊⁶来诛尔！"女子惊起欲遁，业有数女排闼⁷入，掊⁸击立毙。守墓者惑溺已久，痛惜恚⁹怨，反斥此女无良¹⁰，夺其所爱。此女反复自陈，终不见省，且拔刀跃起，欲为彼女报冤。此女乃痛哭越墙去。

守墓者后为人言之，犹恨恨也。此所谓"忠而见谤，信而见疑"¹¹也欤！

简注：

本篇选自纪昀《阅微草堂笔记》。

1.欵扉：敲门。2.拂枕席：以身相许的委婉说法。3.瘵（zhài）：病，多指痨病。4.脱：倘若，或许。5.不讳：死的婉辞。意为人死必然，无可忌讳。6.姑姊：父亲的姐姐。7.排闼（tà）：撞开门。8.掊（pǒu）：击，打破。9.恚（huì）：愤怒，怨恨。10.无良：不善，无善德。11.忠而见谤，信而见疑：语出《史记·屈原贾生列传》："信而见疑，忠而被谤，能无怨乎？"见，用在动词前表示被动，相当于"被"字。

今译：

在京郊海淀地区，有个为富贵人家守墓的人，偶然看见几条狗追咬一只狐狸，毛呀血呀凌乱不堪。心中很怜悯，就拿着棍棒赶走了狗，提着受伤的狐狸放置在屋中，等到狐狸复苏过来，便把它送到旷野的地方，放它离去。

过了几天，夜里有个女子敲门进来，容貌美丽，举世无双。守墓人惊骇地问她从哪儿来。女子拜谢说："我是狐女，前几天遭遇大难，幸蒙你相救获得再生，今天来为你整理床铺。"守墓人估计她没有恶意，便收留了她。两人密切往来，亲昵调笑，经过两个多月，守墓人日渐消瘦，患了痨病，然而对那女子仍然深爱不疑。

有一天，两人正在共寝，听到窗外呼喊："贱婢阿六！我养伤刚刚好转，还来不及报恩，你怎能假冒我的名义，魅惑郎君使他得病？倘若使他丧生，家族中的人都会说我忘恩负义，我如何能说得清楚？我就知道此事是你干的，而郎君救过我的命，我如果坐视他死去，良心怎能安宁呢？今天我同大姑母一起来惩办你了！"女子惊慌起身想逃跑，这时已有几个健妇破门而入，立即将她击毙。守墓人沉溺于魅惑已久，又痛惜又愤怒，反而责骂此女居心不良，夺其所爱之人。此女反复说明，始终得不到理解。守墓人甚至拔出刀跳起来，要为阿六报仇。此女便痛哭着翻墙离去。

守墓人后来向人说起此事，仍旧愤愤不平。这就是所谓"忠诚被诽谤，信义被猜疑"吧！

原文：

绿云

邻家二犬，一夕吠甚急。邻妇出视无一人，惟闻屋上语曰："汝家犬太恶，我不敢下。有逃婢匿汝家灶内，烦以烟熏之，当自出。"妇大骇，入视灶内，果嘤嘤有泣声。问是何物，何以至此？灶内小语曰："我名绿云，狐家婢也。不胜鞭捶，逃匿于此，冀[1]少缓须臾死，惟娘子哀之。"妇故长斋礼佛，意颇怜悯，

向屋仰语曰："渠[2]畏怖不出，我亦实不忍火攻。苟无大罪，乞仙家[3]舍之。"屋上应曰："我二千钱新买得，那[4]能即舍？"妇曰："二千钱赎之，可乎？"良久，乃应曰："是或尚可。"妇以钱掷于屋上，遂不闻声。

妇叩灶呼曰:"绿云可出,我已赎得汝。汝主去矣。"灶内应曰:"感活命恩,今便随娘子驱使。"妇曰:"人那⁵可蓄狐婢,汝且自去。恐惊骇小儿女,亦慎勿露形。"果似有黑物瞥然逝。

后每逢元旦,辄闻窗外呼曰:"绿云叩头!"

简注:

本篇选自纪昀《阅微草堂笔记》。

1.冀:希望。2.渠:他,它。3.仙家:纪昀原注:"里俗呼狐曰仙家。"4.那:今应作"哪"。古代疑问代词"哪",与指示代词"那"书面上无区别,均作"那"。5.同4。

今译:

邻居家的两条狗,一天夜里叫得很厉害。邻妇出来看看,没有一个人,只听见屋顶上有声音说:"你家的狗太凶,我不敢下来。有个逃跑的奴婢躲藏在你家炉灶内,麻烦你用烟火熏她,她一定会自己跑出来。"邻妇十分惊骇,进入厨房看看灶膛里,果然有嘤嘤的哭泣声。问是什么东西,何故来到这里?灶膛里细小的声音说:"我名叫绿云,是狐狸家的奴婢。忍受不了鞭打,逃避到此地,希望稍缓片刻死,只请娘子可怜可怜我。"邻妇向来吃斋敬佛,心中非常怜悯绿云,就仰头向屋上说:"她惊恐害怕不敢出来,我也实在不忍用火熏烤。如果没有大罪,请求仙家放过她吧。"屋上回答说:"我用二千钱刚刚买来,怎能就这么放过她?"邻妇说:"我用二千钱赎她,可以吗?"停了好一会儿,才回答说:"这样也许还可以。"邻妇把钱投到屋顶上以后,便听不到声音了。

邻妇敲敲锅灶喊道:"绿云,可以出来了,我已把你赎下来。你的主人已经离开了。"灶膛里回应说:"感谢你救命之恩,从今以后就听从娘子驱使。”邻妇说：“人哪能蓄养狐婢，你只管自己离去吧。担心小儿女会害怕，你小心一点不要露出真形。”果然有个黑色的东西瞬间消逝。

以后每年逢年初一，就会听到窗外呼喊：“绿云叩头！”

原文：

⑨

灶丁

有灶丁[1]夜方寝，闻室内窸窣[2]有声。时月明穿牖[3]，谛视[4]无人，以为虫鼠类也。俄闻人语嘈杂，自远而至。有人连呼曰：“窜入此屋矣！”疑讶间，已到窗外。扣窗问曰：“某在此乎？”室内泣应曰：“在。”又问：“留汝乎？”泣应曰：“留。”又问曰：“汝同床乎？别宿乎？”泣良久，乃应曰：“不同床谁肯留也！”窗外顿足曰：“败矣！”忽一妇大笑曰：“我度其出投他所，人必不相饶，汝以为未必，今竟何如？尚有面目携归乎？”

此语之后，唯闻索索人行声，不闻再语。既而妇又大笑曰：“此尚不决，汝为何物乎[5]？”扣窗呼灶丁曰：“我家逃婢投汝家，既已留宿，义无归理。此非尔胁诱，老奴[6]无词以仇汝。即或仇汝，有我在，老奴无能为也。尔等且寝，我去矣！”

穴纸私窥，阒然[7]无影。回顾枕畔，则一艳女横陈。且喜且骇，问所自来。言：“身本狐女，为此冢狐[8]买作妾，大妇妒甚，日日加捶楚，度不可住，逃出求生。所以不先告君者，虑恐怖不留，必为所执。故跧伏[9]床角，俟其追至，始冒死言已失身，冀或相舍。今幸得脱，愿生死随君。”

灶丁虑无故得妻，或为人物色[10]，致有他虞[11]。女言：“能自隐形，不为人见，顷缩身为数寸，君顿忘[12]耶？”遂留为夫妇，亲操井臼[13]，

不异贫家，灶丁竟以小康。

简注：

本篇选自纪昀《阅微草堂笔记》。

1.灶丁：纪昀原注："海上煮盐之户，谓之灶丁。"2.窸（xī）窣（sū）：象声词，模拟轻微细碎的摩擦声。3.牖（yǒu）：窗户。4.谛视：仔细地看。5.汝为何物乎：你成为什么东西呢？意指你会成为戴绿帽子的乌龟。6.老奴：老家伙。指她的丈夫，即后面提到的"冢狐"。7.阒（qù）然：寂静的样子。8.冢（zhǒng）狐：大公狐。9.踡（quán）伏：蜷伏。10.物色：访求，寻找。11.虞：忧虑，欺骗。12.顿忘：立刻忘记。13.井臼：打水，舂米。泛指家务事。

今译：

有个灶丁夜晚正在睡觉，听到房间里有轻微的响声。当时月光照着窗户，仔细看看并没有人，以为是虫子老鼠之类在活动。不一会儿听到人声嘈杂，从远而近。有人连声呼喊："逃进这间屋子了！"灶丁正在惊疑时，人声已到窗外。有人敲窗问道："某某在这里吗？"室内有泣声回答说："在。"又问："收留你吗？"泣声应道："收留。"又问："你同床呢，还是别宿呢？"哭了好久，才回答说："如果不同床，谁肯收留！"窗外有人顿足说："完了！"忽然一个妇女大笑说："我早就估计她出逃他处，人家必定不会饶过她，而你却认为未必，今天情况究竟怎么样？你还有脸把她领回去吗？"

此话说完后，只听屑屑索索的脚步声，听不到再有人说话。过了一会儿，妇人又大笑说："到现在还犹豫不决，你想成为什么东西呢？"接着她便敲窗户呼唤灶丁说："我家逃婢投奔到你家，既然已经留宿，理所当然不能再回去，这并不是你威胁利诱，老家伙没有理由仇恨你。即使他仇恨你，有我在，老家伙也不能怎么样。你们睡吧，我们走啦！"

灶丁在窗户纸上戳个洞，偷偷窥看，静悄悄没有人影。回头看见枕头旁边，却有一个美丽的姑娘横卧着。灶丁又惊又喜，问她从哪儿来。姑娘说："我本是狐女，被这大公狐买来做小妾，大老婆嫉妒心极重，天天鞭打我，我想不能久留，便逃出求生。不事先告诉你，是因为担心你害怕不肯收留，必定要被他们逮住，所以只能蜷伏在床角。等到他们追到这里，方才冒死声称已经失身，希望因此或许能够放过我。今天幸而得以脱身，愿意一辈子跟随你。"

灶丁考虑无缘无故得到妻子，也许会被人追寻，招来其他灾祸。姑娘说："我能隐形，不会被人看见，刚才我缩身只有几寸，你马上就忘记了吗？"灶丁就留下她结成夫妇，狐女亲自操持家务，同普通的贫苦人家没有两样，灶丁竟然从此过上了小康生活。

蛇的故事

山海异闻
——古书里走出来的动物们

原文：

　　隋侯¹行，见大蛇被伤而治之。后衔珠
以报。其珠径寸，纯白，夜有光明，如月之照。
一名隋侯珠²，一名明月珠。

简注：

　　本篇选自《太平广记·搜神记》。

　　1.隋侯：隋侯是周朝时姬姓诸侯，其国
在汉水东部。2.隋侯珠：传说中的珠宝，与和氏璧齐名。又称"隋珠"或"随
珠"。《淮南子·览冥》曰："譬如隋侯之珠，和氏之璧，得之者富，
失之者贫。"

今译：

　　隋侯走在路上，看见一条大蛇受了伤，就把它治疗好了。后来大蛇
衔来一颗宝珠用以报答隋侯。那颗宝珠直径有一寸，颜色纯白，夜里有
光亮，像明月在照耀。这颗宝珠后来就叫隋侯珠，或叫明月珠。

原文：

　　西方山中有蛇，头尾差大¹，有色五彩。
人物触之者，中头则尾至，中尾则头至，中
腰则头尾并至，名曰率然。会稽常山²最多
此蛇。《孙子兵法》曰："将之三军³，势如
率然也。"

简注:

本篇选自《太平广记·神异经》

1.差大:比较大,略为大。2.会稽常山:会稽郡的常山。在今浙江省衢州市常山县东部。3.三军:春秋时诸侯大国多设三军,如晋称中军、上军、下军,楚称中军、左军、右军,齐国鲁国吴国也设上中下三军。按,此处引文与原著有出入。《孙子兵法·九地篇》曰:"故善用兵者,譬如率然。率然者,常山之蛇也。击其首则尾至,击其尾则首至,击其中则首尾俱至。敢问:'兵可使如率然乎?'曰:'可。'"

今译:

西方山中有一种蛇,头和尾比较大,身上呈现五颜六色。如果人或物碰到它,接触其头,尾巴立即来到;接触尾其,蛇头立刻来到;接触其腰,头和尾一齐来到。这种蛇名叫"率然"。会稽郡常山上这种蛇最多。《孙子兵法》说:"统率三军,应该像率然那样布设阵势。"

原文:

张姓者,偶行溪谷,闻崖上有声甚厉。寻途登𪩘¹,见巨蛇围如碗,摆扑丛树中,以尾击树,树枝崩折。反侧倾跌之状,似有物制之。然审视殊无所见,大疑。渐近临之,则一螳螂²据顶上,以刺刀攫³其首,颠不可去。久之,蛇竟死。视额上革肉⁴,已破裂云。

3 螳螂捕蛇

简注:

本篇选自蒲松龄《聊斋志异》。

1. 觇（chān）：窥视。2. 螳螂：昆虫名，前脚呈镰刀状，又称刀螂。全身绿色或土黄色，灵巧善飞，捕食害虫，对农作物有益。3. 攫（jué）：抓取，夺取。4. 革肉：皮肉。

今译：

有一个姓张的，偶然经过溪谷，听见山崖上有很凄厉的声音。寻路爬上山崖窥看，见到一条腰围有碗口粗的大蛇，在树林中摆动扑打，用尾巴击树，树枝纷纷崩落折断。大蛇反侧倾跌的那副样子，好像被什么东西控制着。然而仔细观看，完全看不见有什么东西，姓张的十分疑惑。慢慢走近大蛇，只见一只螳螂据守在蛇头上，用双足截取它的头，大蛇千方百计地摆扑，也不能将螳螂甩脱。过了好久，大蛇竟然死去了。再看看蛇头上的皮肉，已经破裂了。

原文：

❹

蚺蛇吞鹿

蚺蛇[1]，大者五六丈，围五六尺，以次者亦不下三四丈，围亦称是[2]。身斑文如锦缬[3]。里人云：春夏多于山林中等鹿，鹿过则衔之。自尾而吞，唯头角碍于口外。即深入林树间，阁[4]其首。伺鹿坏，头角坠地，鹿身方咽入腹。如此后，蛇极羸[5]弱。及其鹿消，壮俊悦泽，勇健于未食鹿者。或云[6]：一年则食一鹿。

简注：

本篇选自《太平广记·岭表录异》。

1. 蚺（rán）蛇：蟒蛇。2. 称是：与此相称。3. 锦缬（xié）：有彩色花纹的丝织品。4. 阁：通"搁"，停止，放置。5. 赢（léi）：瘦，憔悴。
6. 或云：有人说。

今译：

蟒蛇，大的有五六丈长，腰围有五六尺粗，次一等的也不少于三四
丈长，腰围也相应有三四尺粗。身上的斑纹犹如彩色锦缎。当地人说：
蟒蛇常在春夏之时藏于山林之中等候鹿来，有鹿经过时就咬住不放。从
鹿的尾部开始吞食，只剩下头角梗阻在蛇口之外。蟒蛇随即深藏到树丛
的洞穴中，把鹿头搁置在洞口外面。等到鹿肉腐烂了，头角坠落到地上，
才能把鹿身吞咽入腹中。此后一段时间，蟒蛇极为瘦弱。当它把腹中之
鹿消化吸收以后，蟒蛇就显得健美泽润，比那些没有吃鹿的蟒蛇要勇猛
强健。有人说：蟒蛇每年只能吃一头鹿。

⑤ 毛生弄蛇

原文：

安陆[1]人姓毛善食毒蛇，以酒吞之。尝
游齐安[2]，遂至豫章[3]，恒弄蛇于市，以乞丐
为事，积十余年。有卖薪者，自鄱阳[4]来，
宿黄倍山下，梦老父云："为我寄一蛇与江
西弄蛇毛生也。"乃至豫章观步门卖薪将尽，
有蛇苍白色盘于船中，触之不动。薪者方省
向梦，即携之至市，访毛生，因以与之。毛
始欲振拨，应手啮其乳。毛失声颠仆，遂卒，食久[5]即腐坏，蛇亦不知所
在焉。

简注：

本篇选自《太平广记·稽神录》。

1.安陆：今湖北安陆市。2.齐安：今安徽贵池区附近。3.豫章：今江西南昌市。4.鄱阳：今江西鄱阳县。5.食久：吃顿饭那么长的时间，一顿饭的工夫。

今译：

有个姓毛的安陆人善于吃毒蛇，用酒把毒蛇吞食下去。曾游历齐安，后来便前往豫章，常在闹市玩蛇，以乞丐为生，时间长达十多年。有个卖柴的人，从鄱阳来，船停宿在黄倍山下，夜里做梦，有个老人对他说："帮我带一条蛇交给江西弄蛇的毛生。"卖柴人到了豫章在观步门把柴卖完，回到船上，看见有一条苍白色的蛇盘在船中，触碰它也不动。这时卖柴人方才想起先前所做的梦，就带着这条蛇到市中，寻找到毛生，就把蛇交给他。毛生刚开始拨弄此蛇，猛地被蛇咬住了胸乳，毛生情不自禁地大叫一声扑倒在地，就死去了，一顿饭的工夫尸体就开始腐烂，那条蛇也不知去向。

原文：

恒州[1]井陉县[2]丰隆山西北长谷中，有毒蛇据之，能伤人，里民莫敢至其所。采药人靳四翁入北山，忽闻风雨声，乃上一孤石望之。见一条白蛇从东而来，长可三丈，急上一树，蟠在西南枝上垂头而歌。须臾，有一物如盘许大，似虾蟆，色如烟熏，褐土色，四足而跳，至蛇蟠树下，仰视，蛇垂头而死，自是蛇妖

采药人靳四翁

不作。

前澧州[3]有鹍鸡[4]雏为蛇所吞，有物如虾蟆，吐白气直冲，坠而致死。得非靳老所见之物乎？凡毒物必有能制者，殆[5]天意也。

简注：

本篇选自《太平广记·稽神录》。

1. 恒州：治所在今河北正定县。2. 井陉县：治所在今河北井陉县之西北。3. 澧州：治所在今湖南澧县。4. 鹍鸡：似鹤，黄白色。也作"鹍鸡""昆鸡"。5. 殆：大概，几乎，差不多。

今译：

在恒州井陉县丰隆山西北长长的山谷之中，有毒蛇占据在那里，会伤害人，当地的民众没有人敢到那个地方去。有一次采药人靳四老头进入北山，忽然听到一阵风雨声，就登上一块孤石上观望。看见一条白蛇从东面而来，大约有三丈长，急匆匆爬上一棵树，蟠曲卧在面向西南的树枝上，垂头歇息。不一会儿，有一个东西如同磨盘那么大，像癞蛤蟆，身体好似被烟熏过，呈褐土色，四只脚，能跳。它来到白蛇蟠曲的树下，仰起头注视着白蛇，白蛇竟然低下头死去了，从此蛇妖不再为害。

从前澧州有一只鹍鸡雏鸟，被蛇吞食了，有个像癞蛤蟆的东西，吐出白气，向蛇直冲，那蛇便坠地而死。这种癞蛤蟆会不会就是靳四老头今天所见到的东西？凡是毒物必定有东西能够制伏它，这大概是天意吧！

原文：

太庙前有戴生者，善捕蛇。凡有异蛇，必使捕之。至于赤手拾取，如鳅鳝然。或为毒蝮所啮，一指肿胀如橼[1]，旋于笈[2]中取少药糁[3]之，即化黄水流出，平复如初，然十指所存亦仅四耳。或欲捕之蛇匿不可寻，则以小苇管吹之。其蛇则随呼而至，此为尤异。其家所蓄异蛇凡数十种：锯齿、毛身、白质[4]、

戴生善捕蛇

赤章[5]，或连钱[6]，或绀碧[7]，或四足，或两首，或仅如称衡[8]而首大数倍，谓之饭揪头，云此种最毒。其一最大者如殿槛，长数尺，呼之为蛇王。各随小大以筼篮[9]贮之，日啖其肉。每呼之使之旋转升降，皆能如意。其家衣食颇赡，无他生产，凡所资命惟视"吾蛇尚存[10]"耳。亦可仿佛豢龙之技[11]矣。

简注：

本篇选自周密《癸辛杂识》。

1. 橼(chuán)：放在檩子上架着屋面板和瓦的木条，叫橼子。这里是对肿胀手指的夸张形容。2. 笈(jí)：书箱。这里指一般的箱子。3. 糁(sǎn)：散开，撒落，粘连。4. 白质：白色的底子。5. 赤章：红色的花纹。6. 连钱：如钱相连的连环形。7. 绀碧：绀，黑里透红的颜色；碧，青绿色。8. 称衡：秤杆。9. 筼篮：用篾青编成的竹篮，质地优良，坚韧耐用。10. 吾蛇尚存：语出柳宗元《捕蛇者说》："吾恂恂而起，视其缶，而吾蛇尚存，则弛然而卧。"11. 豢龙之技：《左传·昭公二十九年》："昔有飂(liù)叔安，有裔子曰董父，实甚好龙，……以服事帝舜，帝舜赐

之姓曰董，氏曰豢龙。"

今译：

太庙前有一个姓戴的年轻人，善于捉蛇。凡是有奇特的蛇，必定叫他去捕捉。他赤手空拳地捉蛇，像抓泥鳅、鳝鱼一样。有一次被有毒的蝮蛇咬了，一只手指肿得像橡子，他很快地从箱子里拿出一点药粉敷撒在伤口上，立即化为黄水流出，恢复如常，然而十根手指现在存下的也仅有四根而已。有一次要捉的蛇躲藏起来寻找不到了，他就吹起小苇管，那蛇就随声而至，这真是特别奇怪的事。他家饲养的异蛇共有几十种：锯齿形、毛身、白底子、红花纹；或者斑纹如连环，或者黑里透红，或者色呈青绿，或者四只脚，或者两个头；或者身体仅如秤杆而头却大好几倍，称为"饭揪头"，听说这种蛇最毒。其中一条最大的如殿堂的门槛，长达好几尺，称它为"蛇王"。他根据各种蛇的大小用篾青篮子贮存着，每天都吃蛇肉。每次呼蛇叫它旋转升降，皆能如人意。他家衣食相当富足，没有其他经济收入，全部的财产和命运只靠"吾蛇尚存"罢了。他也仿佛像古代有养龙之术的董父了。

8

吸毒石

原文：

小奴玉保，乌鲁木齐流人[1]子也。初隶特纳格尔军屯[2]。尝入谷追亡羊，见大蛇巨如柱，盘于高岗之顶，向日晒鳞，周身五色灿然，如堆锦绣，顶一角，长尺许。有群雉飞过，张口吸之，相距四五丈，皆翩然而落，如矢投壶[3]。心知羊为其所吞矣。乘其未见，循洞逃归，恐怖几失魂魄。

军吏邬图麟因言："此蛇甚毒，而其角能解毒，即所谓吸毒石也。见此蛇者，携雄黄[4]数斤，于上风烧之，即委顿不能动。取其角，锯为块，痈疽初起时，以一块著疮顶，即如磁吸铁，相粘不可脱。待毒气吸出，乃自落。置人乳中，浸出其毒，仍可再用。毒轻者乳变绿，稍重者变青黯，极重者变黑紫。乳变黑紫者，吸四五次乃可尽，余一二次愈矣。"

余记从兄懋园家有吸毒石，治痈疽颇验。其质非木非石，至是乃知为蛇角矣。

简注：

本篇选自纪昀《阅微草堂笔记》。

1.流人：被流放的人。2.军屯：军队屯垦农场。3.如矢投壶：投壶是古人宴会时的一种游戏，宾主依次把箭投进特制的壶中，中多者为胜，负者罚饮酒。4.雄黄：一种矿物，成分为硫化砷，又名鸡冠石。民俗在端午节饮用或涂抹雄黄酒，认为可以辟邪，可以驱散湿热毒气。

今译：

小奴仆玉保，是乌鲁木齐一个流放者的儿子。当初隶属于特纳格尔军垦农场。玉保曾经进入山谷追寻丢失的羊，看见一条大蛇巨如木柱，盘踞在高冈之巅，对着太阳烤晒鳞片，全身五彩灿烂，如同堆叠起来的锦绣，蛇头顶上有一只角，长约一尺多。此时有一群野鸡飞过，那蛇张口吸引，虽然相距四五丈远，但野鸡纷纷轻捷地落入蛇口中，就像把箭投入壶中。玉保心里明白了，丢失的羊一定是被这蛇吞食了。他乘蛇还未发现他，立即顺着山涧逃回，惊恐得像是丢了魂。

军官邬图麟因此便说道："这种蛇最毒，然而它的角却能解毒，就是所谓的'吸毒石'。见到这种蛇，可以携带几斤雄黄，在上风处燃烧，此蛇就会萎靡不振不能活动。取下它的角，锯成块状，当痈疽初起时，用一块放在疮顶上，立即就像磁石吸附在铁上，相粘在一起不能分离。等到把毒气吸出，就自行脱落。把蛇角放在人乳中，浸出其中的毒素，还可以再用。毒轻的人乳变成绿色，毒稍重的人乳变成青黯色，毒极重的人乳变成黑紫色。人乳变黑紫色的，需要吸四五次方能把毒吸尽，其余的一二次就可以治愈了。"

我记得堂兄纪懋园家有吸毒石，治疗痈疽很灵验。那吸毒石的质地不是木头，也不是石头，此时我才明白原来它是蛇角。

---

⑨ 同归于尽

原文：

莱州[1]深山，有童子牧羊，日恒亡一二，大为主人扑责。留意侦之，乃二大蛇从山罅[2]出，吸之吞食。其巨如瓮，莫敢撄[3]也。童子恨甚，乃谋于其父，设犁刀于山罅，果一蛇裂腹死。惧其偶之报复，不敢复牧于是地。时往潜伺，寂无形迹，意其他徙矣。半载以后，贪是地水草胜他处，仍驱羊往牧。牧未三日，而童子为蛇吞矣。盖潜匿不出，以诱童子之来也。童子之父有心计，阳不搜索，而阴祈营弁[4]藏一炮于深草中，时密往伺察。两月以外，见石上有蜿蜒痕，乃载燧[5]夜伏其旁。蛇果下饮于涧，簌簌有声。遂一发而糜碎焉。还家之后，忽发狂自挝[6]曰："汝计杀我夫，我计杀汝子，适相当也。我已深藏不出，汝又百计以杀我，则我为枉死矣，今必不舍汝！"越数日而卒。

俚谚有之曰："角力不解，必同仆地；角饮不解，必同沉醉。"斯言虽小，可以喻大矣。

简注：

本篇选自纪昀《阅微草堂笔记》。

1.莱州：治所在今山东莱州市。州的范围包括今莱州、即墨、莱阳、平度、莱西、海阳等地。2.罅（xià）：裂缝，洞隙。3.撄：迫近，触犯。4.营弁：军官。5.燧：燧石，古代取火的用具。6.挝（zhuā）：敲击，殴打。

今译：

在莱州深山里，有个孩子放羊，每天常常丢失一两只羊，遭到主人狠狠地打骂。孩子留心侦察，发现是两条大蛇从山洞里出来，把羊吸入口中吞食了。那蛇粗大得像陶瓮，没有人敢靠近它们。孩子恨透了，就向父亲请教，父亲教他把犁刀安放在山洞口，果然有一条蛇腹部被犁刀割裂后死了。孩子惧怕死蛇的配偶报复，不敢再到那地方去放牧。孩子时常偷偷地前往察看，很寂静，不见蛇的踪迹，认为那蛇已经迁徙到别处去了。半年以后，孩子贪图那里的水草比别处好，仍旧驱赶羊群到那里放牧。放牧还不满三天，那孩子就被蛇吞食掉了。那蛇长期潜匿不出，就是引诱孩子重新来此地放牧。孩子的父亲有心计，表面上不去搜索，暗地里却请求一位军官把一门炮隐藏在深草中，时常秘密地前往侦察。过了两个多月，看见石头上有蛇爬行的蜿蜒痕迹，于是就带着打火的燧石夜间潜伏在炮旁。那蛇果然下涧饮水，发出籁籁的声音。于是发射一枚炮弹将蛇炸得粉碎。孩子的父亲回家以后，忽然发疯，一边狂殴自己，一边说："你用计杀死我的丈夫，我用计杀死你的儿子，正好扯平了。我已经深藏不出，你又千方百计来谋害我，我死得冤枉，今天必定不会放过你！"几天后，孩子的父亲就死了。

有则民谚说："比赛力气不罢休，必定同时倒地；比赛喝酒不罢休，必定同时大醉。"这话虽然微小，但是可以说明大道理。

⑩

小蛇担生

原文：

　　昔有书生，路逢小蛇，因而收养。数月渐大，书生每自担之，号曰"担生"。其后不可担负，放之范县¹东大泽中。

　　四十余年，其蛇如覆舟，号为神蟒。人往于泽中者，必被吞食。书生时以老迈²，途经此泽畔。人谓曰："中有大蛇食人，君宜无往。"时盛冬甚寒，书生谓："冬月蛇藏，无此理。"遂过大泽。行二十里余，忽有蛇逐。书生尚识其形色，遥谓之曰："尔非我担生乎？"蛇便低头，良久方去。

　　回至范县，县令闻其见蛇不死，以为异，系之狱中，断刑当死。书生私怨曰："担生，养汝翻令我死³，不亦剧⁴哉！"其夜，蛇遂攻陷一县为湖，独狱不陷，书生获免。

　　天宝⁵末，独孤暹者，其舅为范令。三月三日，与家人于湖中泛舟，无故覆没，家人几死者数四⁶也。

简注：

　　本篇选自《太平广记·广异记》。

　　1.范县：今范县在河南省东北部，在黄河北岸；而当时范县治所在黄河南岸，在今山东省境内。2.时以老迈：当时已经年老。3.翻令我死：反而使我死。4.剧：甚，极，过分。5.天宝：唐玄宗后期年号。6.数四：三四个（次），谓约略计数。

今译：

从前有个书生，在路上遇到一条小蛇，就收养了它。几个月后小蛇逐渐长大，书生经常把它挑担在肩上，因而就呼小蛇叫"担生"。后来小蛇越来越重，书生挑担不动，就把它放到范县东面的大湖泽中。

过了四十多年，小蛇粗壮得像倒扣过来的船，称为神蟒。人们往来于湖泽的，必定被它吞食。书生当时已经年老，途经这个湖。有人对他说："湖中有大蛇，会吃人，您老最好不要前往。"那时正是隆冬严寒时节，书生说："冬天蛇要冬眠，哪有出来吃人的道理！"便乘船渡湖。船行二十余里，忽然有蛇追来。书生还认识那蛇的形态和颜色，远远地对它说："你莫非就是我的担生吗？"那蛇便低下了头，过了好久方才离去。

书生回到范县，县令听说他遇蛇不死，认为是不祥的灾异，便把书生关进狱中，判以死刑。书生暗暗地发牢骚说："担生，我养育了你，如今反而使我陷于死地，这不也太过分了吗？"当天夜里，那蛇便使范县全县沦陷为湖泽，唯独监狱没有沉没，书生免于一死。

到了唐玄宗天宝末年，有个叫独孤遐的人，他的舅父就是当年的范县县令。三月初三上巳节那天，独孤遐同家人在湖中乘船游玩，无缘无故地翻了船，好几个家人几乎快被淹死。

原文：

天门山[1]，山多峻秀，岩谷逶迤。有大岩壁直上数千仞，草木交连，云雾拥蔽。其下有径途微细，行人往，忽然上飞而出林表，若升仙，遂绝世。如此者渐不可胜纪。往来南北，号为仙谷。时有乐于道者，不远千里

⑪ 天门山

而来，洗浴岩畔，以求升仙，在此林下无不飞去。

会一夕²，有智能者谓他人曰："此必妖怪，非是仙道。"因以石自系，而牵一犬入其谷，犬复飞去。然知是妖邪之气以吸之。乃遣近山乡里，募年少者数百人，执兵器，持大棒，而先纵火烧其草，及伐竹木。至山畔观之，遥见一物，长数十丈，高下隐隐³，垂头下望。及更渐逼，乃一大蟒蛇。于是命少年鼓跃击射，然后斫刺，而口张尺余，尚欲害人，力不加众，久乃卒。其所吞人骨与他兽之骸，积在左右如阜焉。

简注：

本篇选自《太平广记·博物志》。

1. 天门山：在今安徽当涂县，又名博望山、东梁山。与和县的西梁山夹江对峙。2. 会一夕：正好有一天晚上。会，恰巧，适逢。3. 高下隐隐：上下模糊，混沌不明。

今译：

天门山，山峦险峻秀美，岩谷曲折连绵。有个大岩壁高达数千仞，草木茂密，云雾缭绕。岩壁下有条窄小的道路，行人经过时，忽然向上腾升飞出林丛之外，仿佛升天成仙，从此就由世间消失。这种事情经常发生，已经数不胜数。南来北往的行人都称此地为仙谷。当时有乐于修炼道术的人，不远千里而来，在岩谷旁边虔诚沐浴，以求升仙，在此林丛下全都飞升而去。

恰巧有一天晚上，有个聪明能干的人对其他人说："这必定是妖怪，而不是神仙。"因而把石头捆在自己身上，并牵着一条狗进入山谷，那狗竟又飞升而去。这个聪明能干的人终于明白，这是妖邪之气把狗吸去了。于是调遣临近山村的乡亲，招募几百个年轻力壮者，或拿兵器，或执大棒，先纵火焚烧杂草，接着砍伐竹子树木。再到山崖边观看，远远看见一个东西，长有数十丈，上下模糊混沌，正在垂头下望。更靠近探望，原来是条大蟒蛇。于是就命令年轻人勇猛射击，然后又砍又刺，那蟒蛇张开一尺多长的大嘴，还想害人，终于力不敌众，过了好久才死去。蟒蛇所吞食的人和兽的尸骨，堆积在左右就像山丘一样。

·····

原文：

12
狗仙山

巴寳[1]之境，地多岩崖，水怪木怪，无所不有。民居溪壑，以弋猎为生涯。嵌空之所[2]，有一洞穴，居人不能测其所往。猎师纵犬于此，则多呼之不回，瞪目摇尾，瞻其崖穴，于时有彩云垂下，迎猎犬而升洞。如是者年年有之，好道者呼为狗仙山。

偶有智者，独不信之。遂绁[3]一犬，挟弦弧往之。至则以粗绁[4]系其犬腰系于拱木[5]，然后退身而观之。及彩云下，犬萦身而不能随去，嗥叫者数四。旋见有物，头大如瓮，双目如电，鳞甲光明，冷照溪谷，渐垂身出洞观其犬。猎师毒其矢而射之，既中，不复再见。

顷经旬日，臭秽满山。猎师乃自山顶缒索下观，见一大蟒，腐烂于岩间。狗仙山之事，永无有之。

简注：

本篇选自《太平广记·玉堂闲话》。这则故事与上篇《天门山》有相似之处。

1. 巴寳（cóng）：秦汉时四川、湖南等地的一个少数民族。部分族人曾在今四川渠县一带建立过宾国。2.嵌空之所：深山之处。3.绁（xiè）：捆绑，拴住。4.絙（gēng）：粗绳索。5.拱木：有一抱粗的大树。

今译：

巴賨境内，有许多岩石山崖，水怪木怪，什么都有。民众就居住在山溪岸边，以捕捉禽兽为生活来源。深山之处，有一个洞穴，当地人不知道它通往何处。猎人放狗到这里，多数都呼唤不回，只见狗瞪目摇尾，看着那洞穴，同时有彩云落下，迎接猎犬升入洞穴中去。这种现象年年都有，迷信神仙的人就称这里为"狗仙山"。

有个聪明的猎人，偏偏不相信这个说法。他就用绳子拴着一条狗，带着弓箭进入深山。到了那里就用粗绳系住狗腰，绳子的另一端就系在有一抱粗的大树上，然后隐避在一旁观察。等到彩云落下，而狗因有绳索缠在身上不能跟随彩云而去，只是吼叫了多次。不久就看见一个东西，头像陶瓮那么大，两只眼睛似闪电，鳞甲明亮，阴森的冷气笼罩着溪谷，它慢慢地从洞中垂下身子观看那条狗。猎人在箭头上敷上毒药射它，射中之后，那东西就不再出现。

大约经过十天，臭气弥漫山间，猎人就从山顶顺着绳索绲下探视，只见一条大蟒蛇，已腐烂在山岩中间。狗仙山的事，永远也不会有了。

原文：

蒋武助象灭蛇

宝历[1]中，有蒋武者，循州[2]河源[3]人也。魁梧伟壮，胆气豪勇。独处山岩，唯求猎射而已。善于蹶张，每赍弓挟矢，遇熊罴虎豹，靡不应弦而毙。剖视其镞，皆一一贯心焉。

忽有物叩门，甚急速。武隔扉而窥之，见一猩猩骑白象。武知猩猩能言，而诘曰："与象叩吾门，何也？"猩猩曰："象有难，知我能言，故负吾相投耳。"武曰："汝有何苦，请话其由。"猩猩曰："此山南二百余里，有嵌空之大岩穴。中有巴蛇[4]，长数百尺，电光而闪其目，剑刃而利其牙。象之经过，咸被吞噬。遭者数百，无计避匿。今知山客善射，愿持毒矢而射之。除得此患，众各思报恩矣。"其象乃跪地，洒涕如雨。猩猩曰："山客若许行，便请挟矢而登。"

武感其言，以毒淬矢而登。果见双目在其岩下，光射数百步。猩猩曰："此是蛇目也。"武怒，蹶张端矢，一发而中其目。象乃负而奔避。俄若穴中雷吼，蛇跃出蜿蜒，或掀或踊，数里之内，林木草芥如焚。至暝蛇殒。乃窥穴侧，象骨与牙，其积如山。于是有十象，以长鼻各卷其红牙[5]一枝，跪献于武。武受之。猩猩亦辞而去。遂以前象负其牙而归。武乃大有资产。

简注：

本篇选自《太平广记·传奇》。

1. 宝历：唐敬宗李湛年号，时为公元 825 年至 827 年。2. 循州：治所在今广东惠州市。3. 河源：治所在今广东河源市，位于东江与新丰江的交汇处。4.巴蛇：古代传说中的大蛇。《山海经·海内南经》："巴蛇食象，三岁而出其骨。"5.红牙：象牙中最珍贵的品种。

今译：

唐敬宗宝历年间，有个叫蒋武的，是循州河源人。他魁梧健壮，勇猛大胆。独自住在山里，只求打猎为生罢了。他善于用脚张开强弓，每次抱弓挟箭出去打猎，如果遇到熊罴虎豹，无不应弦而倒毙。解剖死兽观察箭头，每一箭都贯穿心脏。

忽然有人敲门，很急迫。蒋武从门缝中观察，看见一只猩猩骑在白象身上。蒋武知道猩猩能说话，就盘问道："你和象敲我的门，有何事？"猩猩说："象有灾难，知道我能说话，所以驮着我来投靠你。"蒋武说："你有什么苦处，请说明缘由。"猩猩说："这座山南面二百多里，有个深邃的大岩洞。洞中有一条巴蛇，有几百尺长，它的眼睛如电光闪耀，它的牙齿如剑刃锋利。凡是象经过那里，都会被它吞食掉。遭此灾难的象已有几百头，没有办法躲避，今天知道山中壮士善于射箭，希望你带着毒箭去射杀那条巴蛇。如果能够清除这个祸害，大家都想向你报恩了。"这时，那象就跪在地上，落泪如雨。猩猩说："山中壮士如果同意去，就请你带着弓箭跨上象背吧！"

蒋武听了很感动，就用毒药淬了箭头，然后就跨上了象背。到达山前，果然看见在山岩下有一双眼睛，其光芒照射达几百步。猩猩说："这就是巴蛇的眼睛！"蒋武怒火中烧，用脚张开强弩，装上毒箭，一发就射中蛇的眼睛。象立即驮着蒋武和猩猩奔跑躲避。不久，岩洞里发出雷鸣似的吼声，接着巴蛇从洞中跃出蜿蜒爬行，有时左右盘旋，有时上下腾跳，几里之内的树木花草好像被烧光了一样。到黄昏时分巴蛇死去了。到洞穴边一看，象骨和象牙，堆积如山。于是有十头大象各自卷着一根红牙，跪着献给蒋武。蒋武接受了这些红牙。猩猩也辞别而去。蒋武就用上次来叩门的大象驮着那些红牙返回家中。于是蒋武就有了丰厚的财产。

原文：

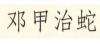

邓甲治蛇

宝历中，邓甲者，事茅山[1]道士崤岩。崤岩者，真有道之士，药变瓦砾，符召鬼神。甲精恳虔诚，不觉劳苦，夕少安睫，昼不安床。崤岩亦念之，教其药，终不成；受其符，竟无应。道士曰："汝于此二般无分，不可强学。"授之禁天地蛇术。寰宇之内，唯一人而已。甲得而归焉。

至乌江，忽遇会稽[2]宰遭毒蛇螫其足，号楚之声惊动闾里，凡有术者，皆不能禁。甲因为治之，先以符葆其心，痛立止。甲曰："须召得本色蛇，使收其毒，不然者，足将刖[3]矣。是蛇疑人禁之，应走数里。"遂立坛于桑林中，广四丈，以丹素周之。乃飞篆字，召十里内蛇。不移时而至，堆之坛上，高丈余，不知几万条耳。后四大蛇，各长三丈，伟如汲桶，盘其堆上。时百余步草木，盛夏尽皆黄落。甲乃跣足攀缘上其蛇堆之上，以青筱敲四大蛇脑曰："遣汝作五主，掌界内之蛇，焉得使毒害人？是者即住，非者即去。"甲却下，蛇堆崩倒，大蛇先去，小蛇继往，以至于尽。只有一小蛇，土色，肖箸，其长尺余，懵然不去。甲令舁宰来，垂足，叱蛇收其毒。蛇初展缩，难之。甲又叱之，如有物促之，只可长数寸耳，有膏流出其背，不得已而张口向疮吸之。宰觉其脑内有物，如针走下。蛇遂裂皮成水，只有脊骨在地。宰遂无苦，厚遗之金帛。

时维扬[4]有毕生，有常弄蛇千条，日戏于阛阓[5]，遂大有资产，而建大第。及卒，其子鬻其第，无奈其蛇，因以金帛召甲。甲至，与一符，飞其蛇过城垣之外，始货得宅。

甲后至浮梁⁶县，时逼春风，有茶园之内，素有毒蛇，人不敢啜其茗，毙者已数十人。邑人知甲之神术，敛金帛，令去其害。甲立坛，召蛇王。有一大蛇如股，长丈余，焕然锦色，其从者万条。而大者独登坛，与甲较其术。蛇渐立，首隆数尺，欲过甲之首。甲以杖上挂其帽而高焉。蛇首竟困，不能逾甲之帽。蛇乃踣为水，余蛇皆毙。倘若蛇首逾甲，甲为水焉。从此茗园遂绝其毒虺。

甲后居茅山学道，至今犹在焉。

简注：

本篇选自《太平广记·传奇》。

1. 茅山：在今江苏句容县东南。道教谓之第八洞天。2. 会稽：治所在今浙江绍兴市。3. 刖（yuè）：把脚或脚趾砍掉。4. 维扬：扬州的别称。5. 阛（huán）阓（huì）：街市，市区。阛为围绕市区的墙，阓为进入市区的门。6. 浮梁：治所在今江西景德镇市浮梁县，唐代时是著名茶乡。

今译：

唐敬宗宝历年间，有个叫邓甲的人，师从茅山道士峭岩。峭岩真是个有高深道行的人，他能把药物变为瓦砾，可用符咒召唤鬼神。邓甲学习非常虔诚，不怕劳苦，晚上很少熟睡，白天从不躺在床上偷懒。峭岩也很关心他，然而教他医药，最后学不成；传授给他符咒，竟然不灵验。道士峭岩对他说："你与这两种道术没有缘分，不可勉强。"于是就传授给他制伏天地间蛇类的道术。让他成为世界上唯一的治蛇能人。邓甲学会此术之后就回家了。

到乌江时，忽然碰上会稽县宰被毒蛇咬伤了脚，痛苦的叫声，惊动了邻里。所有有医术的人，都不能解除他的痛苦。邓甲就去为他治疗，先用符保护他的心，疼痛立即停止。邓甲说："必须招来原来咬你的蛇，让它收回它的毒液，否则，你的脚就要砍掉。这蛇担心有人要捉拿它，应该已经逃到几里之外。"于是就在桑林中堆起一个高台，宽广有四丈，用画着红色符咒的白绢包围着四周。再用写着篆文的符纸传告，召唤十里之内的蛇。不多久蛇都来了，堆积在高台上，有一丈多高，不知有几万条。最后四条大蛇来了，各有三丈长，粗壮如汲水的木桶，盘踞在蛇堆之上。当时正当盛夏之时，而高台四周百步以内的草木，全都枯黄败落。邓甲就赤脚攀登到蛇堆上面，用青色嫩竹枝敲击四条大蛇的脑袋说："派遣你们做五方之主，掌管区内的蛇，怎能让它们去毒害人？毒害人的就留下，未毒害人的就离开。"邓甲下了高台，蛇堆崩倒，大蛇先离开，小蛇跟着离去，直到全都走光。只有一条小蛇，泥土色，像一根筷子，它有一尺多长，呆头呆脑地不走。邓甲叫人把县宰抬来，垂下脚，喝令小蛇收回它的毒液。小蛇起初有些犹豫，感到为难。邓甲再次斥令它，好像有个东西在催促它，那东西约有几寸长，于是有膏汁从小蛇背上流出，小蛇不得已张口向县宰的伤口吮吸。县宰觉得自己脑袋里有个东西，像游针下行。小蛇便破裂开蛇皮化为一摊水，只有脊骨留在地上。县宰便解除了痛苦，厚赠给邓甲金银绸缎。

当时扬州有个姓毕的年轻人，平常耍弄的蛇有千条，每天在闹市戏耍，便发了财，建起了大宅第。等到他死后，他的儿子要出卖这个宅子，宅内那么多的蛇却无法处理，因而用金银绸缎请邓甲来。邓甲来到后，给予一张符咒，使那些蛇都飞腾到城墙以外，大宅子便能出售了。

邓甲后来到了浮梁县，当时已经临近春季，有个茶园内向来有毒蛇，人们不敢喝那里的茶，因喝了那里的茶而死的人已有几十人。浮梁人知道邓甲有神术，就筹集金银绸缎，请他来除害。邓甲建立高台，召唤蛇王。有一条大蛇像大腿那么粗，有一丈多长，浑身似彩色锦缎一样光亮，跟从的蛇有万条。而大蛇独自登上高台，与邓甲较量本领。大蛇慢慢立起，蛇头高升数尺，想超过邓甲的头。邓甲用手杖支撑着帽子高过蛇头。蛇头竟然遭遇困窘，不能超越邓甲的帽子，大蛇便向前扑倒化为水，其他的蛇也都死去。倘若蛇头超越邓甲，邓甲就要化成水。从此以后茶园中的毒蛇便绝迹了。

邓甲后来居住在茅山学道，至今还活着。

鼠的故事

山海异闻
——古书里走出来的动物们

原文：

予友人家多鼠，厨间食物，多为所啖[1]。有鸡子[2]数枚，亦失去。疑仆食之，仆辩其无。因复以数卵置案上，夜假寐[3]以观之。有鼠二登案[4]，一鼠抱卵仰卧，护以四足，一鼠衔其尾而倒曳之。从案落机[5]，从机落地，卵无少损，旋曳之入穴而去。物之智，亦巧矣哉！

鼠技

简注：

本篇选自李庆辰《醉茶志怪》。

1.啖（dàn）：吃。2.鸡子：鸡子儿（jīzǐr），鸡蛋。3.假寐：假装入睡。4.案：一种狭长的桌子。5.机（wù）：矮小的坐凳。

今译：

我的朋友家老鼠很多，厨房里的食物，经常被它们吃了。有几个鸡蛋也不见了。朋友怀疑被仆人吃了，但是仆人申辩说没有。朋友因而再次把几个鸡蛋放在桌子上，和衣而卧假装入睡，以观察究竟。看见有两只老鼠爬上桌子，一只老鼠仰卧抱蛋，用四肢保护，另一只老鼠衔着它的尾巴倒拖。从桌子上落到矮凳上，再从矮凳上落到地上，鸡蛋完好无损，立即又拖到洞穴里去了。啊，生物的智慧，真是太巧妙了！

❷ 鼠戏

原文：

一人在长安¹市上卖鼠戏。背负一囊，中蓄小鼠十余头。每于稠人²中，出小木架，置肩上，俨如³戏楼状。乃拍鼓板，唱古杂剧⁴。歌声甫动，则有鼠自囊中出，蒙假面，被小装服，自背登楼，人立⁵而舞。男女悲欢，悉合剧中关目⁶。

简注：

本篇选自蒲松龄《聊斋志异》。

1. 长安：我国古都之一，在今西安市一带。2. 稠人：人群，大庭广众。3. 俨（yǎn）如：十分像。4. 杂剧：元代以后盛行的戏曲形式。一般每本四折，音乐用北曲，曲词中杂有念白。明清时也有杂剧，但每本折数不定。5. 人立：像人一样站立。6. 关目：戏剧、小说中的重要情节。

今译：

有一人在长安市场上表演鼠戏卖钱。他背着一只布口袋，里面装着十几只小老鼠。经常在人群稠密的地方，取出小木架，搁置在肩上，很像戏楼的样子。于是拍打鼓板，唱起古杂剧。歌声刚刚响起，就有老鼠从布口袋出来，戴着假面具，穿着小戏装，从背后登上戏楼，像人一样站立着舞动。男女悲欢离合，完全符合剧中情节。

义鼠

原文：

　　杨天一言：见二鼠出，其一为蛇所吞，其一瞠目如椒[1]，似甚恨怒，然遥望不敢前。蛇果腹[2]，蜿蜒入洞。方将过半，鼠奔来，力嚼其尾。蛇怒，退身出。鼠故便捷，欻[3]然遁去。蛇追不及而返。及入穴，鼠又来，嚼如前状。蛇入则来，蛇出则往，如是者久。蛇出，吐死鼠于地上。鼠来嗅之，啾啾如悼息，衔之而去。友人张历友为作《义鼠行》[4]。

简注：

　　本篇选自蒲松龄《聊斋志异》。

　　1.椒（jiāo）：花椒，味辛辣，色火红。这里用花椒形容老鼠愤怒目光。2.果腹：满腹，吃饱肚子。3.欻（xū）：迅速，忽然，似火光一闪。4.《义鼠行》：张历友有《昆仑山房集》，其中载有《义鼠行》一诗。行，古诗的一种体裁，如《长歌行》《兵车行》。

今译：

　　杨天一说：他曾经见到两只老鼠出洞，一只被蛇吞食，另一只怒目圆睁，像火红的花椒，似乎十分愤恨，然而只能远观，不敢上前。蛇吃饱后，蜿蜒游进洞穴。蛇身刚要进入一半，老鼠奔跑过来，用力嚼咬蛇的尾巴。蛇发怒，退身出洞。老鼠原本就很敏捷，急速逃离。蛇追捕不到老鼠便又返回。等到蛇一入洞，老鼠又来了，像先前一样嚼咬蛇的尾巴。蛇进洞老鼠就来，蛇出洞老鼠就逃，如此反复很长时间。最后蛇游出洞，把死鼠吐在地上。老鼠过来嗅嗅死鼠，啾啾地叫唤，好像在悲哀叹息，然后衔着死鼠离去。他的朋友张历友为此还写了一首诗，叫《义鼠行》。

大鼠

原文：

万历[1]间，宫中有鼠，大与猫等，为害甚剧。遍求民间佳猫捕制之，辄被啖食。

适异国来贡狮猫[2]，毛白如雪。抱投鼠屋，阖其扉，潜窥之。猫蹲良久，鼠逡巡[3]自穴中出，见猫，怒奔之。猫避登几上，鼠亦登，猫则跃下。如此往复，不啻[4]百次。众咸[5]谓猫怯，以为是无能为者。既而鼠跳掷渐迟，硕腹似喘，蹲地上少休。猫即疾下，爪掬[6]顶毛，口齕[7]首领，辗转争持，猫声呜呜，鼠声啾啾。启扉急视，则鼠首已嚼碎矣。

然后知猫之避，非怯也，待其惰也。彼出则归，彼归则复，用此智耳。噫，匹夫按剑[8]，何异鼠乎！

简注：

本篇选自蒲松龄《聊斋志异》。

1. 万历：明神宗朱翊钧的年号。时为公元1573年至1620年。2. 狮猫：猫的一种，长毛巨尾，又称狮子猫。3. 逡（qūn）巡：犹豫，徘徊。4. 不啻（chì）：不止。5. 咸：都，皆。6. 掬（jū）：双手捧物。这里是抓取之意。7. 齕（hé）：咬。8. 匹夫按剑：匹夫，有勇无谋的人。按剑，抓住剑柄准备厮杀的愤怒姿态。这里是形容单凭个人勇力而意气用事的人。

今译：

明代万历年间，宫廷中有一只老鼠，大的和猫一样，危害甚烈。在民间到处寻求上等好猫来捕捉它，但猫总是被大老鼠吃掉。

正好外国进贡来一只狮子猫，皮毛洁白如雪。抱着它放进鼠屋中，关上门，大家躲在外面窥看。狮子猫蹲在那里很久，大老鼠探头探脑地从洞穴中出来了，一看见猫，就怒冲冲猛扑上去。猫急忙躲避跳上案几，老鼠也跳上，猫就迅速跳下。如此往返，不止百次。大家都说狮子猫胆怯，认为它是个没有用的东西。后来老鼠跳上跳下逐渐迟缓，肥胖的肚子一伸一缩好像在喘气，便蹲在地上稍作休息。这时狮子猫迅猛扑下，两个前爪揪住老鼠头顶上的皮毛，利齿咬住老鼠的脑袋，翻来覆去地搏斗，听见屋里猫声呜呜，鼠声啾啾。人们急忙打开房门一看，大老鼠的脑袋已被狮子猫咬碎了。

这之后方才明白，狮子猫躲避老鼠，并非胆怯，而是等待它疲劳。敌人出击我就避让，敌人退回我就返身袭扰，用这个办法使敌人疲于奔命，真是个高明的计策。唉！如果单凭个人勇力而意气用事，同这个大老鼠有何区别呢？

原文：

李庆子言：尝宿友人斋中，天欲晓，忽二鼠腾掷相逐，满室如飙轮旋转，弹丸迸跃，瓶彝罍洗[1]，击触皆翻，砰铿碎裂之声，使人心骇。久之，一鼠踊起数尺，复堕于地，再踊再仆，乃僵。视之，七窍皆流血，莫测其故。急呼其家僮收检器物，见盘中所晾媚药[2]

⑤

二鼠相逐

数十丸，啮残过半。乃悟鼠误吞此药，狂淫无度，牝³不胜嬲⁴而窜避，牡⁵无所发泄，蕴热内燔以毙也。友人出现，且骇且笑，既而悚然⁶曰："乃至是哉，吾知惧矣！"尽覆所蓄药于水。

简注：

本篇选自纪昀《阅微草堂笔记》。

1. 瓶彝罍洗：泛指斋中陈设的器皿。瓶，用陶瓷或金属制成的小口大腹容器。彝，古代青铜祭器。罍（léi），古代盛酒或水的器具，形状像壶。洗，古代盥洗器。2. 媚药：刺激性欲的药物，又称春药。3. 牝：雌性。4. 嬲（niǎo）：烦扰，戏弄。5. 牡：雄性。6. 悚（sǒng）然：惶恐不安的样子。

今译：

李庆子说：我曾经歇宿在朋友的书斋中，天快亮的时候，忽然有两只老鼠腾上跳下地追逐，在满屋里像飞轮旋转，弹丸蹦跳，陈设的各种器皿，碰上了就翻倒在地，乒乒乓乓的碎裂之声，使人听了感到震惊。过了好久，一只老鼠跳起几尺高，又坠落在地，再跳起，再摔下，终于僵死不动。上前一看，七窍都在流血，不明白是何缘故。急忙呼唤他家的童仆前来收拾器物，发现盘中所晾的几十粒春药，有一大半被老鼠咬过。这才明白，老鼠误吞此药，狂淫无度，雌鼠受不了它的蹂躏而逃避，雄鼠无处发泄，内热焚烧而暴毙。朋友来了，他看到此情景，一边惊诧，一边发笑，而后又惶恐不安地说："竟至于此，我知道畏惧了！"说完立即就把贮藏的全部春药统统抛进水中。

原文：

牛的故事

山海异闻
——古书里走出来的动物们

蜀中有杜处士[1]，好书画，所宝[2]以百数。有戴嵩[3]牛一轴[4]，尤所爱，锦囊玉轴，常以自随。一日曝书画，有一牧童见之，拊掌[5]大笑曰："此画斗牛也？牛斗力在角，尾搐[6]入两股间。今乃掉尾而斗，谬矣！"处士笑而然之。古语有云："耕当问奴，织当问婢。"不可改也。

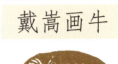

简注：

本篇选自苏轼《东坡志林》。按：牧童见闻不广，批评戴嵩的画，并不正确。牛在角斗时，可以"尾搐入两股之间"，也可以"掉尾"（摇尾）。而且摇尾方式多样，可以下垂左右摇摆，也可以翘起上下左右摇摆，没有统一的姿势。

1.处士：隐士。2.宝：珍重，珍爱。3.戴嵩：唐代画家，擅画田家、山川之景，所画水牛尤为著名。与韩干画马齐名于时，并称"韩马戴牛"。4.轴（zhóu）：书画卷轴，又指装成卷轴形的书画。5.拊掌：拍掌。又写作"抚掌"。6.搐（chù）：收缩。

今译：

四川有一个姓杜的隐士，爱好书画，他所珍藏的书画成百上千。其中有一幅唐代著名画家戴嵩画的牛，他特别喜爱，用玉作画轴，放在锦囊里，经常随身带着。有一天打开书画晾晒，有个牧童看见戴嵩的画，拍掌大笑道："这是画斗牛吗？牛斗的时候力量全在角上，尾巴收缩在两个大腿中间。现在这幅画上的牛，却是摇着尾巴在斗，错了！"杜隐士含笑点头赞同牧童的看法。古话说："耕当问奴，织当问婢。"此话千真万确，不可改变。

原文：

余八岁时，闻保母丁媪[1]言：某家有牸[2]牛，跛不任耕，乃鬻诸[3]比邻屠肆。其犊甫离乳，视宰割其母，牟牟鸣数日。后见屠者即奔避，奔避不及，则伏地战栗，若乞命状。屠者或故逐之，以资笑谑，不以为意也。犊渐长，甚壮健，畏屠者如初。及角既坚利，乃伺屠者侧卧凳上，一触而贯其心，遽驰去。屠者妇大号捕牛。众悯其为母复仇，故缓追，逸之[4]，竟莫知所往。

牛犊复仇

简注：

本篇选自纪昀《阅微草堂笔记》。

1.媪（ǎo）：上年纪的妇女。2.牸（zì）：雌性牲畜。3.鬻诸：鬻之于，把它卖给某人。4.逸之：使之逸，让它逃逸。

今译：

我八岁时，听保姆丁妈说：某个人家有条母牛，脚跛不能耕作，就把它卖给比邻的屠宰行。母牛的小牛犊刚刚断奶，目睹屠者宰割自己母亲，哞哞哞地悲鸣了好几天。后来牛犊看见屠者就奔跑逃避，如果来不及奔逃，就伏地战栗，好像乞求饶命的样子。屠者有时故意追逐它，以此让大家开心取笑，大家也不太留意此事。牛犊逐渐长大，很强壮，但仍然像以前一样惧屠者。等到双角坚利以后，就伺机当屠者侧卧在凳子上的时候，用角猛地一抵直穿其心，然后迅速逃离。屠者的老婆大呼捕牛。大家怜悯牛犊是为母牛复仇，故意慢慢地追赶，让牛犊逃走。竟然没人知道牛犊逃往何处去了。

原文：

长沙西南有金牛冈。

汉武帝时，有一田父牵赤牛，告渔人曰："寄渡江[1]。"渔人云："船小，岂胜得牛？"田父云："但相容，不重君船[2]。"于是人牛俱上。及半江，牛粪于船[3]，田父曰："以此相赠！"

既渡，渔人怒其污船，以桡[4]拨粪弃水，欲尽，方觉是金。讶其神异，乃蹑[5]之。但见人牛入岭，随而挖之，莫能及也。今挖处犹存。

简注：

本篇选自《太平广记·湘中记》。

1.寄渡江：借助你的船过江。2.不重君船：不会使你的船沉重。3.粪于船：排粪在船上。粪，此处作动词用。4.桡（ráo）：船桨。5.蹑（niè）：追随，跟踪。

今译：

　　湖南长沙西南方有个金牛冈。

　　汉武帝时，有个老农牵着一头赤毛牛，对渔人说："想借助你的船过江。"渔人说："船小，怎能载得动一头大牛？"老农说："只要让我们上船，不会使你的渔船沉重。"于是人和牛都上了船。行到江中央，赤牛排粪在船上，老农说："把这粪赠送给你！"

　　老农和牛上岸以后，渔人看到牛粪弄脏了渔船，心里很生气，就用船桨拨粪抛进水中，将要抛尽的时候，方才发觉那粪是金子。渔人十分惊讶，觉得老农和赤牛太神奇了，就去追随他们。只见人和牛进入了山冈，渔人随之挖掘，但是再也不能挖到金子。那挖掘的地方，至今仍然保存着。

牛触盗

原文：

　　高官[1]农家畜一牛，其子幼时，日与牛嬉戏，攀角捋尾皆不动。牛或嗅儿顶、舐儿掌。儿亦不惧。稍长，使之牧。儿出即出，儿归即归，儿行即行，儿止即止，儿睡则卧于侧，有年矣。

　　一日往牧，牛忽狂奔至家，头颈皆浴血，跳踉[2]哮吼，以角触门。儿父出视，即掉头回旧路。知必有变，尽力追之。

　　至野外，则儿已破颅死，又一人横卧道左，腹裂肠出，一枣棍[3]弃于地。审视，乃三果庄[4]盗牛者。始知儿为盗杀，牛又触盗死也。

　　是牛也，有人心焉！

简注：

　　本篇选自纪昀《阅微草堂笔记》。

1.高官：沧州乡村一地名。2.跳踉：跳跃。也作"跳梁"。3.枣棍：用坚硬的枣树木材制成的棍子。此是盗贼所持的凶器。4.三果庄：纪昀原注中称之为"沧州盗薮"。

今译：

在沧州高官那地方，有户农民养了一头牛，他的儿子年幼时，整日同牛在一起嬉戏，攀牛角，捋牛尾，牛都不动。牛有时嗅嗅小儿头顶，舔舔小儿的手掌，小儿也不害怕。小儿逐渐长大，叫他去放牛。小儿出牛即出，小儿归牛即归，小儿行牛即行，小儿止牛即止，小儿睡，牛就卧在小儿的旁边，这样有好几年了。

有一天外出放牧，牛忽然狂奔回来，头上颈上都染有血迹，又跳又吼，用角碰门。小儿父亲出来看望，牛就转头走向旧路。小儿父亲心知必有事故，尽力追牛。

到达野外，小儿已经头破身亡，另有一人横躺在道路左侧，腹破肠出，一根枣木棍子遗弃在地上。仔细一瞧，此人是三果庄的盗牛贼。这时方才明白，小儿被盗牛贼杀了，牛又怒而触死盗牛贼。

这头牛啊，具有人一样的善良心灵！

5 邻叟智劝

原文：

雍正初，李家洼佃户[1]董某父死，遗一牛，老且跛，将鬻于屠肆。牛逸，至其父墓前，伏地僵卧，牵挽鞭捶皆不起，惟掉尾长鸣。村人闻是事，络绎来视。

忽邻叟刘某愤然至，以杖击牛曰："渠父[2]堕河，何预于汝？使随波漂没，充鱼鳖食，岂不大善？汝无故多事，引之使出，多活十余年。致渠生奉养，病医药，死棺敛，且留此一坟，岁需祭扫，为董氏子孙无穷累。汝罪大矣，就死汝分[3]，牟牟者何为？"盖其父尝堕深水中，牛随之跃入，牵其尾得出也。董初不知此事，闻之大惭，自批其颊曰："我乃非人！"急引归。数月后，病死，泣而埋之。

此叟殊有滑稽风，与东方朔救汉武帝乳母事[4]竟暗合也。

简注：

本篇选自纪昀《阅微草堂笔记》。

1. 佃户：租种地主土地的农户。2. 渠父：他的父亲。3. 汝分：你的本分。意为你罪有应得。4. 东方朔救汉武帝乳母事：事见《史记·滑稽列传褚先生补》。不过纪昀记错了，救汉武帝乳母的是郭舍人，不是东方朔。故事大体是：乳母子孙和奴仆在长安城中横暴，有司奏请流放乳母全家到边疆，汉武帝准奏。乳母行前向汉武帝告别，依依不舍，频频回头。"郭舍人疾言骂之曰：'咄！老女子，何不疾行！陛下已壮矣，宁尚须汝乳而活邪？尚何还顾！'于是人主怜焉悲之，乃下诏止无徙乳母。"

今译：

清代雍正初年，李家洼佃农董某父亲死了，遗留下一头牛，又老又跛，董某将要把它卖给屠宰行。牛逃跑，来到董某父亲的墓前，僵卧在地上，牵拉它，鞭打它，它都不肯起来，只是摇着尾巴长声悲鸣。村里人听到这事，络绎不绝地前来观看。

忽然邻居老头刘某气鼓鼓地来到，用拐杖敲击牛说："他父亲落进河里，与你何干？假如让他父亲随波漂没，充当鱼鳖的食饵，岂不是大好事？你无故多事，救他父亲出水，多活十几年。以致他在父亲活着的时候要奉养，生病的时候要医治，死后要买棺殡殓，还要留下这座坟墓，每年需要祭扫，成为董氏子孙没完没了的累赘。你的罪过可大了，去死是你罪有应得，哞哞哞地悲鸣做什么？"原来董某的父亲曾经坠落深水中，当时牛即随之跳入，让董父牵拉着牛尾上了岸。董某起初不知道此事，听到刘老汉讲的事，非常惭愧，自打耳光说："我简直不是人！"急忙牵着老牛回家。几个月后，老牛病死，董某痛哭着把老牛埋葬了。

这位刘老汉颇具滑稽风度，与东方朔救汉武帝乳母的故事竟然是恰巧相同。

6

牛知恩怨

原文：

临清¹李名儒言：其乡屠者买一牛，牛知为屠也，绝不肯前，鞭之则横逸。气力殆竭，始强曳以行。牛过一钱肆，忽向门屈两膝跪，泪涔涔下。钱肆悯之，问知价八千，如数乞赎。屠者恨其狞，坚不肯卖，加以子钱²亦不许，曰："此牛可恶，必割刃³而甘心，虽万贯不易也。"

牛闻是言，蹶然⁴自起，随之去。屠者煮其肉于釜，然后就寝。五更，自起开釜。妻子怪不回，疑而趋视，则已自投釜中，腰以上与牛俱糜矣。夫凡属含生⁵，无不畏死。不以其畏而悯恻，反以其畏而恚愤，牛之怨毒，加寻常数等矣。厉气⁶所凭⁷，报不旋踵⁸，宜哉！

先叔仪南公，尝见屠者许学牵一牛。牛见先叔，跪不起。先叔赎之，以与佃户张存。存豢之数年，其驾耒⁹服辕¹⁰，力作较他牛为倍。

然则恩怨之间，物犹如此矣，可不深长思哉！

简注：

本篇选自纪昀《阅微草堂笔记》。

1. 临清：古州名，治所在今山东临清市。2. 子钱：利息。又称"子金"。3. 割（zì）刃：用刀剑刺之。割，刺。4. 蹶然：尥（liào）蹶子的样子。5. 含生：具有生命的东西。6. 厉气：仇怨之气，邪恶之气。7. 凭：依，依靠。8. 旋踵：转足之间。比喻时间短暂、迅速。9. 耒（lěi）：古代翻土农具耒耜上的曲木柄。这里泛指农具。10. 辕：车辕，车前驾牲畜的木杆。

今译：

临清州李名儒说：他家乡屠夫买了一头牛，牛知道此人是屠夫，用绳子牵它不肯向前，用鞭子抽它就到处乱跑。最后气力衰竭，方才被强拉着向前走。牛经过一家钱庄，忽然朝着门屈双膝跪下，泪水涔涔不断。钱庄主人怜悯这牛，问后知道牛价八千，愿意如数赎买此牛。而屠夫憎恨此牛倔强不驯，坚决不肯卖，即使加上利息也不同意，并说："此牛可恶，必定用刀刺死方能甘心，即使万贯钱我也不卖。"牛听到这话，一忾蹶子就自己站起，随屠夫而去。屠夫宰杀牛后把牛肉煮在锅里，然后就睡觉了。到了五更时分，他起来开锅。妻子奇怪他为何长时间不回来，疑惑地前往看望，那屠夫已经自己投入锅中，腰以上与牛肉一道煮烂了。凡属具有生命的东西，没有不惧怕死亡的。不因为它畏惧而同情怜悯，反而因为它畏惧而怨恨愤怒，牛对屠夫的怨毒，当然要超过平常好多倍了。仇怨之气依附以后，报复也就立即发生，理应如此啊！

我的先叔仪南公，曾经看见屠夫许学牵着一头牛。牛见到我先叔，就跪下不起来。先叔赎买下此牛，把它赠送给佃户张存。在张存豢养它的多年间，这牛驾犁拉车，比其他的牛加倍卖力。

如此看来，什么是恩，什么是怨，连像牛这样的动物都分辨得如此清楚。对于人来说，岂能不深深地思考呢？

7

野牛

原文：

临洮[1]之境，有山民曰仲小小，众号仲野牛，平生以采猎为务。临洮已西，至于叠宕[2]嶓岷[3]之境，数郡良田，自禄山[4]以来，陷为荒徼[5]。其间多产野牛，其色纯黑，其一可敌六七骆驼，肉重千、万斤者。其角，二壮夫可胜其一。每饮龁[6]之处，则拱木丛竹，践之成尘。猎人先纵火逐之，俟其崩迸，则毒其矢，向便射之。洎中镞[7]，则挈[8]锅釜，负粮糗[9]，蹑其踪，缓逐之。矢毒既发，即毙，踣[10]之如山，积肉如阜[11]。一牛致干肉数千斤，新鲜者甚美，缕[12]如红丝线。

乾宁[13]中，小小之猎[14]，遇牛群于石家山，嗾[15]犬逐之，其牛惊扰，奔一深谷。谷尽，南抵一悬崖。犬逐既急，牛相排蹙[16]。居其首者，失脚堕崖；居次者，不知其偶堕，累累接踵而进。三十六头，皆毙于崖下，积肉不知纪极[17]。秦、成、阶三州[18]士民，荷担之不尽。

简注：

本篇选自《太平广记·玉堂闲话》。

1. 临洮：古县名，治所在今甘肃岷县。2. 叠宕：山峦逶迤。3. 嶓（bō）岷：嶓指嶓冢山，在今甘肃省。岷指岷山，在今甘肃、四川交界处。4. 禄山：指安禄山，唐玄宗天宝年间安史之乱的罪魁祸首。5. 荒徼（jiào）：荒凉的边野。6. 龁（hé）：咬。7. 洎（jì）中镞（zú）：等到中箭后。8. 挈（qiè）：提起，携带。9. 糗（qiǔ）：干粮。10. 踣（bó）：跌倒。11. 阜：土山。12. 缕：线。这里指牛肉的纤维。13. 乾宁：唐昭宗李晔的年号。14. 之猎：去打猎。之，往，到某处去。15.嗾（sǒu）：发出声音，指使狗。
16.排蹙（cù）：排挤急迫。17.纪极：终极，限度。18.秦、成、阶三州：
三州辖境在今甘肃天水市、成县、康县一带。

今译：

在临洮境内，有个山民叫仲小小，大家都喊他"仲野牛"，平日以
砍柴打猎为业。从临洮向西，一直到山峦逶迤的嶓冢山、岷山一带，几
个州郡的良田，自从安禄山叛乱以来，都沦落为荒凉的边野。在这荒原
中出产很多野牛，它们颜色纯黑，一头可以敌得过六七头骆驼。牛肉的
重量有达千斤、万斤的。那牛角，两个健壮的汉子才能搬动一只。往往
野牛吃喝的地方，大树竹林，都被践踏为尘土。猎人对付野牛，先纵火
驱赶，等到它奔跑后，就将箭头上敷上毒药，接近时就射向野牛。等野
牛被箭射中后，猎人就带着锅，背着粮食，跟随着野牛的踪迹，慢慢地
驱赶它。箭毒发作后，野牛就毙命，跌倒下来就如山体崩塌，一大堆肉
就像一座土山。一头牛可得到干肉几千斤，新鲜牛肉味道很美，精肉的
纤维犹如红色的丝线。

在唐昭宗乾宁年间，仲小小去打猎，在石家山遇到成群的野牛，他
就嗾使猎犬追逐野牛，那些野牛惊扰起来，奔向一个深谷。深谷尽头，

向南就抵达一个悬崖。猎犬追逐迅猛，牛群就急迫奔逃互相拥挤。领头的野牛失足坠落到悬崖下，后面的野牛不知道前面的已偶然坠落，仍然不断地跟着向前奔跑。于是三十六头野牛全部摔死在悬崖下，堆积的牛肉不计其数。秦、成、阶三州民众，纷纷挑担前往取肉，挑也挑不完。

马的故事

原文:

西商¹李盛庭买一马,极驯良。惟路逢白马,必立而注视,鞭策不肯前。或望见白马,必驰而追及,衔勒²不能止。后与原主谈及,原主曰:"是³本白马所生,时时觅其母也。"是马也,亦有人心焉。

① 白马之子

简注:

本篇选自纪昀《阅微草堂笔记》。

1. 西商:古称陕西、山西人为西人。西商指中国西部山西、陕西一带的商人。2. 衔勒:衔,马嚼子;勒,辔头、笼头。衔勒,在此作动词用,指操纵马嚼子和笼头,以控制马的行止。3. 是:此,这个。

今译:

西部商人李盛庭买了一匹马,十分顺服善良。只是在路上遇到白马,它必定要停下来注视,用鞭子抽打也不肯前进。或者远远望见白马,它必定疾驰前往追上,操纵马嚼子和笼头也制止不住。后来商人李盛庭与此马原来的主人谈到此事,原来的主人说:"此马本为白马所生,它时时刻刻在寻找它的妈妈。"这匹马呀,也有人的孝心哩!

② 关帝祠前有奇马

原文：

乌鲁木齐关帝祠有马，市贾所施以供神者也。尝自啮草山林中，不归皂枥[1]。每至朔望[2]祭神，必昧爽[3]先立祠门外，屹如泥塑。所立之地，不失尺寸。遇月小建[4]，其来亦不失期。祭毕，仍莫知所往。余谓道士先引至祠外，神其说耳。庚寅二月朔，余到祠稍早，实见其由雪碛[5]缓步而来，弭耳[6]竟立祠门外。雪中绝无人迹，是亦奇矣。

简注：

本篇选自纪昀《阅微草堂笔记》。

1.皂枥：马槽。2.朔望：农历每月的初一日和十五日。3.昧爽：天未全明之时，拂晓，黎明。4.小建：农历的小月。5.碛（qì）：沙漠，不生草木的沙石地。6.弭耳：帖耳。

今译：

乌鲁木齐关帝庙前有一匹马，是商人们赠送用来祭神的。它经常自己到山林中吃草，不肯回归马槽。每到农历初一和十五祭神时，它必定在拂晓时就事先站立在关帝庙外，像泥塑般地挺立着。所站立的地方，

尺寸丝毫不差。遇到农历小月，它来到的日期也不会有差错。祭神仪式结束后，仍旧没人知道它到哪儿去了。我原以为是道士事先把它牵到关帝庙的外面，故弄玄虚。庚寅年

二月初一，我到关帝庙比较早，亲眼看见此马从大雪掩盖着的沙漠中缓步走来，然后温顺地始终站立在关帝庙外。雪中绝对没有人的踪迹，这也真是奇怪了。

原文：

③

隋文皇帝时，大宛[1]国献千里马，鬣曳地，号狮子骢[2]。上置之马群。陆梁[3]，人莫能制。上令并群驱来，谓左右曰："谁能驭之？"郎将[4]裴仁基曰："臣能制之。"遂攘袂[5]向前。去十余步，踊身腾上，一手撮耳，一手抠目，马战不敢动，乃鞴[6]乘之。朝发西京，暮至东洛。后，隋末不知所在。

唐文武圣皇帝[7]敕天下访之。同州刺史宇文士及访得其马，老于朝邑市面家，挽硙[8]。骏尾焦秃，皮肉穿穴，及见之悲泣。

帝自出长乐坡[9]，马到新丰[10]，向西鸣跃。帝得之甚喜。齿口并平[11]，饲以钟乳[12]，仍生五驹，皆千里足也。后不知所在。

简注：

本篇选自《太平广记·朝野佥载》。

1. 大宛（yuān）国：古代西域国名之一，盛产骏马。2. 骢：青色与白色夹杂的马。3. 陆梁：嚣张、猖獗。4. 郎将：皇帝侍卫军官。5. 攘袂：捋袖。6. 鞴：把鞍辔等套在马身上。7. 唐文武圣皇帝：指唐太宗李世民。8. 硙（wèi）：

石磨。同"碾"。9.长乐坡：在长安东郊。10.新丰：在今陕西临潼东北。11.齿口并平：幼马每年生一齿，可根据马的齿数判断马龄。如果马齿早已齐全，并已磨损齐平，说明此马已衰老。12.钟乳：中医认为，钟乳石甘、温，温肺平喘、化痰下乳；主治肺肾虚寒、咳嗽气喘、乳汁不畅。古代兽医学也早已将钟乳石用于治疗马病。

今译：

隋文帝时候，大宛国进献了一匹千里马，马鬣拖到地面，名叫"狮子骢"。隋文帝把它放在马群里。狮子骢猖獗嚣张，没人能制伏它。隋文帝命令把马群驱赶过来，问左右官员说："谁能驾驭这匹狮子骢？"

郎将裴仁基说："臣能制伏它。"说完就将捋袖子向前走去。距离十几步远，一纵身跳到狮子骢的背上，一手揪着马的耳朵，一手抠住马的眼睛，马战栗不敢动，便将鞍辔缰绳等套到它的身上，然后就轻松地骑上它。

骑上狮子骢，早上从西京长安出发，日暮时便可到达东都洛阳。后来，到隋末大乱时，不知狮子骢流落到何方。

唐太宗命令在全国寻找狮子骢。同州刺史宇文士及找到了它，它已经衰老，正在朝邑一个卖面的小商贩家拉石磨。马尾已焦黄光秃，皮肉已溃烂穿孔。见到的人都感到悲伤流泪。

唐太宗亲自来到长安东郊长乐坡迎接。狮子骢一到新丰，就向西长鸣跳跃。唐太宗得到狮子骢后非常喜悦。此时狮子骢牙齿已磨损齐平，明显地衰老了。兽医们就用钟乳石对它进行饲养调理，居然还生了五匹马驹，都是优良的千里马。后来就不知道狮子骢到哪儿去了。

原文：

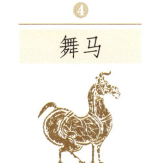

舞马

玄宗尝命教舞马四百蹄[1]，分为左右，各有部，目为某宠某家骄。时塞外亦有善马来贡者，上俾之教习，无不曲尽其妙。因命衣以文绣，络以金银，饰其鬐鬣，间杂珠玉。其曲谓之《倾杯乐》者数十回，奋首鼓尾，纵横应节。又施三层板床，乘马而上，旋转如飞。或命壮士举一榻，马舞于榻上。乐工数人立左右前后，皆衣淡黄衫，文玉带，必求少年而姿貌美秀者。每千秋节[2]，命舞于勤政楼下。

其后上既幸蜀，舞马亦散在人间。禄山常睹[3]其舞而心爱之，自是因以数匹置于范阳[4]。其后转为田承嗣[5]所得，不之知也，杂之战马，置之外栈。

忽一日，军中享士，乐作，马舞不能已。厩养皆谓其为妖，拥彗[6]而击之。马谓其舞不中节，抑扬顿挫，犹存故态。厩吏遽以马怪白，承嗣命棰之，甚酷。马舞甚整，而鞭挞愈加，竟毙于枥下。时人亦有知其舞马者，惧暴而终不敢言。

简注：

本篇选自《太平广记·明皇杂录》。

1.四百蹄：一马四蹄，四百蹄为一百匹。2.千秋节：农历八月初五是唐玄宗的生日，当时立为千秋节。3.常睹：曾经看到。"常"通"尝"。4.范阳：安禄山当时为范阳节度使，治所在幽州，即今北京。5.田承嗣：

安禄山的部将。安禄山叛乱时，他为前锋攻陷洛阳。唐代宗时降唐，授魏博节度使，为割据一方的强横军阀。6.拥彗：执扫帚。

今译：

唐玄宗曾经命令教练一百匹舞马，分为左右，下面再设各部。称之为"某人之宠""某家之骄"。当时塞外也有贡献善马来的，皇上就让它们学习舞蹈，匹匹舞马全都能够达到高妙的境地。皇上因而命令给它们以文绣为衣，以金银为络，又用珠玉来装饰其鬃鬣。有首乐曲叫《倾杯乐》，有数十章，奏起时，舞马们就昂首摆尾，应着节拍起舞。又设置三层板床，乘马而上，旋转如飞。有时叫壮士举一榻，马在榻上舞。几个乐工立在前后左右，都穿着淡黄衫，装饰着玉带，而且必定选择姿貌俊美的年轻人。每年八月初五千秋节，皇上都会命令舞马在勤政楼下表演。

后来安史之乱时，皇上逃往蜀地，舞马也就散失在民间。安禄山曾经看见过舞马的表演，心里很喜欢，因而就在范阳收留了几匹。后来有匹舞马转归田承嗣所有，而田承嗣并不知道是舞马，把它与普通战马混杂在一起，放在外面的马厩中饲养。

忽然有一天，军营里犒军，乐曲响起，舞马情不自禁地舞蹈起来。马夫们都认为它是妖马，就拿扫帚打它。舞马以为自己的舞蹈不合节拍，就严格地按照宫廷里的规范，抑扬顿挫，跳得更加小心认真。马坊官员

立即以此马怪异向上报告，田承嗣命令鞭打它，打得很残酷。马以为舞得不合要求，就更加严格而卖力地舞蹈，然而却遭到更残酷的鞭挞，最后竟然倒毙在马槽下。当时也有人知道此是舞马，但

是惧怕田承嗣的残暴而不敢说。

原文：

豫南李某，酷好[1]马。尝于遵化[2]牛市中见一马，通体如墨，映日有光，而腹毛则白于霜雪，所谓乌云托月者也。高六尺余，鬃尾鬈然，足生爪[3]，长寸许，双目莹澈如水精，其气昂昂，如鸡群之鹤。李以百金得之，爱其神骏，刍秣[4]必身亲。然性至狞劣，每覆障泥[5]，须施绊锁[6]，有力者数人左右把持，

然后可乘。按辔徐行，不觉其驶，而瞬息已百里。有一处去家五日程，午初就道，比至，则日未衔山[7]也。以此愈爱之。而畏其难控，亦不敢数乘。

一日，有伟丈夫碧眼虬髯[8]，款门求见，自云能教此马。引就枥下，马一见即长鸣。此人以掌击左右肋，始弭耳不动。乃牵就空屋中，扃户与马盘旋。李自隙窥之，见其手提马耳，喃喃似有所云，马似首肯。徐又提耳喃喃如前，马亦似首肯。李大惊异，以为真能通马语也。少间，启户，引缰授李，马已汗如濡矣。临行谓李曰："此马能择主，亦甚可喜。然其性未定，恐或伤人。今则可以无虑矣。"

马自是驯良，经二十余载，骨干如初。后李至九十余而终，马或逸去，莫知所往。

简注：

本篇选自纪昀《阅微草堂笔记》。

1. 酷好：极其爱好。2. 遵化：遵化州，治所在今河北省遵化市。3. 足生爪：牛、马、羊等动物足端应生蹄，禽类及虎、豹、狗、猫等动物足

端应生爪。此马竟然生爪，是异相。4.刍秣：饲养家畜的草料。这里作动词用，指用草料饲养。5.每覆障泥：每，每每，常常。覆，翻，倾倒。障泥，垂于马腹两侧以遮挡尘土的装饰物。6.绊锁：绊指套住马足的绳索，锁指锁链。7.日未衔山：太阳还未落山。衔山，为山所含，被山吞没。8.虬髯：卷曲的胡须。

今译：

　　河南南部的李某，极其爱好马。他曾经在遵化州牛马市场中见到一匹马，全身如同黑墨，太阳照上去有光线反射，而腹部的毛则比霜雪还要白，这就是所谓的"乌云托月"宝马。此马高六尺多，鬃毛尾毛都呈卷曲状，足端生爪，爪长一寸多，双目像水晶一样光洁明澈。它气概昂昂，在马群中就像鹤立鸡群。李某用百金购得它，因爱它神骏，便亲自用上等草料精心饲养。然而此马脾性倔强顽劣，常常把身上的"障泥"倾翻。必须施加绳索锁链，几个强壮有力的人左右扶持，方才能够骑上它。执着缰绳缓缓行走，也不觉得它在奔跑，然而一转眼已经过了百里。有一

离家有五天路程的地方，午时开始上路，等到抵达那里，太阳还没有落山。因此，李某愈加喜爱此马。可是由于害怕此马难于驾控，所以也不敢经常去骑它。

　　有一天，有个蓝眼睛鬈胡子的高大男子，敲门求见，自称能调教此马。领他到马槽旁，那马一见此人就高声长鸣。此人用手掌拍拍马的左右肋，马就开始帖耳不动。就牵马到空屋中，关上门与马绕圈徘徊。李某从隙缝窥看，见他手提马耳，喃喃地好像在说些什么，马也好像点

头表示同意。后又慢慢提起马耳,像先前那样喃喃地说些什么,马也好像点头表示同意。李某非常惊奇,以为此人真是能通马语的人。过了一些时候,门开了,那人把缰绳交给李某,而此时,那马浑身已被大汗沾湿。那人临别时对李某说:"此马能选择主人,也十分可爱。然而它脾性还未稳定,恐怕有时会伤人。如今好了,可以无虑了。"

此马从此以后非常驯良,经过二十多年,骨架仍旧像当年那样挺拔神骏。后来李某到九十多岁才离世,而马却忽然逃逸,无人知道它的去向。

原文:

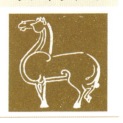

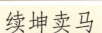
续坤卖马

咸通乾符[1]中,京师医者续坤颇得秦医和[2]之术,评脉知吉凶休咎,至于得失,皆可预言。适有燕中[3]奏事大将暴得风疾,服医药而愈,所酬帛甚多,仍以边马一匹留赠。马之骨相甚奇,然步骤多蹶,虽制以衔勒,加之鞭策,而款段[4]之性,竟莫能改。坤以浪费刍粟,托人以贱价卖之。求骏者才试,还复如此,累月不售。

邻伍[5]有王生,货易于中贵[6]之门,颇甚贫窭。忽诣坤云:"有青州监军[7]将发,须鞍马备行李。亦知驰骋非骏,但欲置于牵控之间。"坤直以无用之畜付焉,亦不约鬻马之价。自此经旬不至,谓其脱略亡逸。一旦复来,所直且逾十万。坤既获善价,因以十千遗之。

俄见王生,易衣装,致仆马,至于妻孥服饰,亦皆鲜洁。或曰:"王生卖马,金帛兼资,计三四百万。"坤甚惊,试询其事,王生初不备说,坤曰:"某以无用之物,获价颇多,但未知驽劣之材何以至此。"云:"初

致马于青社监军，举足如有羁绊，及将还，途遇小马坊中使[8]，因遣留试，信宿[9]而往，不复见焉。密询左右，数日前，魏博[10]进一马，毛骨大小与此同。圣人[11]常乘打球，骏异未有偶[12]。将到日，方遣[13]调习步骤，萦转如风。今则进御数朝，所赐之物甚厚。"其后王生因大索起价[14]，遂以四百万酬之。

是以物逢时亦有数，不遇其主，则驽骥莫分。乃知耕莘野[15]、筑傅岩[16]，未遇良途，奚异于此？

简注：

本篇选自《太平广记·剧谈录》。

1.咸通乾符：咸通为唐懿宗年号，乾符为唐僖宗年号。2.医和：春秋时秦国的良医。3.燕中：指唐时幽州。4.款段：行动时身段迟缓。5.邻伍：邻居。古制，每邻五家。五家为伍。6.中贵：又称中贵人，指宦官。7.青州监军：青州是平卢节度使驻地，治所在今山东青州市。当时节度使的监军多为宦官。8.小马坊中使：内马坊的宦官。9.信宿：连宿两夜。《左传·庄公三年》："凡师一宿为舍，再宿为信，过信为次。"10.魏博：唐代方镇名，治所在魏州，今河北大名东北。11.圣人：指皇帝。12.有偶：原注："御厩有马，毛色相类者，咸有相对。"13.方遣：正好一并派遣去。14.起价：高价。起，凸起，隆起。

15.耕莘野：商代伊尹耕于有莘之野，遇商汤，成为辅佐大臣。16.筑傅岩：傅说初为差役，在傅岩版筑砌墙，后殷代高宗武丁举之为相。

今译：

唐懿宗、唐僖宗时期，京城医生续坤具有秦代医和的高明医术，诊断脉象后可以知道吉凶，至于以后的好坏得失，也都可以准确地预言。恰巧有位从燕中来京奏事的大将突发中风，服了续坤的药就好了，大将赠给很多绸缎，还把一匹边塞马留下作为赠品。马的骨相非常奇特，然而快速奔跑时常常会尥蹶子。虽然用  马嚼子控制，再加上鞭子抽，但也终究不能改变它的迟缓秉性。续坤认为此马浪费饲料，就托人以贱价卖掉它。想买骏马的人略加调试，此马迟缓多蹶的毛病还像先前一样，几个月也卖不掉。

邻居中有个王生，常到宦官的家中买卖一些东西，生活很贫穷。他忽然到续坤家来说："有位青州监军将要出发，须要买马供运载行李之用，他也知你家的马不是奔驰的骏马，只是想把它安置在牵着走的马群中间。"续坤只是把无用的家畜交付给王生，也没有约定卖马的价钱。自此经过十来天王生也不来，续坤以为那马掉队了或者逃跑了。有一天王生又来了，说马价将超过十万。续坤既然获得如此好价钱，就送一万给王生。

不久再见到王生，已经变换了衣装，有了仆役和车马，至于妻子儿女的服饰，也都鲜丽光洁。有人说："王生卖马，得到的金银绸缎及其他资产，共有三四百万。"续坤感到非常惊奇，就探询这事。王生开始时不肯详细说明。续坤说："我以无用之物，换得的酬金已经很多了。我只是不明白一匹驽劣之马，为什么会值那么高的价钱。"王生说："开始把马送到青州监军处，马一抬腿就如同有绳索绊足，监军不要，我只好牵回，路上遇到小马坊中使，就叫留下试试，过了两天再去，那马却见不到了。我秘密地向周围的人打听，原来是：几天前，魏博节度使进贡了一匹马，毛骨大小与此马相同。皇上经常乘贡马打球，然而这匹骏异的贡马还未找到伴偶。此马牵来的那天，正好一并派遣去学习舞步，不料此马进步神速，旋转起来如风一样飞扬舒展，如今皇上已经乘骑它好几天了。赏赐的东西十分丰厚。"后来王生便大要高价，终于得四百万酬金。

由此可见，事物逢时也要看命运，如果不能遇到真正的主人，驽马与骏马是不能分辨的。可以明白，伊尹在莘野耕田地，傅说在傅岩服苦役，倘若没有遇上好机会，与此马又有什么不同呢？

驴的故事

山海异闻
————古书里走出来的动物们

原文：

富翁爱驴

某翁富而吝，善权子母[1]，责负[2]无虚日。后以年且老，艰于途，遂买一驴代步。顾[3]爱惜甚至，非甚困惫，未尝肯据鞍。驴出翁胯下者，岁不过数四[4]。值天暑，有所索于远道，不得已与驴俱，中道翁喘，乃跨驴驰二三里。驴不习骑，亦喘。翁惊亟下[5]，解其鞍。驴以为息已也，望故道逸归。翁急遽呼驴，驴走不顾，追之弗及也。大惧驴亡，又吝于弃鞍，因负鞍趋。归家亟问："驴在否？"其子曰："驴在。"翁乃复喜，徐释鞍，始觉足顿[6]而背裂也。又伤于暑，病逾月乃瘥[7]。

简注：

本篇选自乐钧《耳食录》。

1.权子母：旧时凡以资本经营或借贷生息的，称"权子母"。2.责负：讨债。责，索取。负，亏欠。3.顾：但，只是。4.数四：三四次。5.亟下：急忙下驴。6.足顿：两脚困顿。7.瘥（chài）：病愈。

今译：

某个老翁富有而吝啬，善于放高利贷，整天忙于讨债。后来因为年纪将老，在路上奔波有困难，就买了一头驴子来代步。但他对驴子非常爱惜，不是十分疲劳，就不肯骑上驴子。驴子在老翁的胯下，一年不过三四次。正值酷暑，要到远方去索讨债务，不得已就与驴子一道出门，半道上老翁气喘吁吁，就跨上驴背跑了二三里。驴子不习惯被人骑，也气喘吁吁。老翁急忙下驴，解下鞍子。驴子以为让它休息了，就顺着原路往回跑。老翁急迫地呼唤驴子，驴子头也不回地奔跑，老翁追不上它。老翁非常担心驴子丢失，又舍不得抛弃鞍子，因而就背着鞍子继续追赶。回到家中急忙问道："驴子在吗？"他的儿子答道："驴子在。"老翁转忧为喜，慢慢放下鞍子，这时才感觉两脚困顿，腰背酸痛欲裂。又受热中暑，病了一个多月才复原。

❷ 屠驴

原文：

屠者许方，其屠驴先凿地为堑，置板其上，穴板四角为四孔，陷驴足其中。有买肉者，随所买多少，以壶注沸汤沃[1]驴身，使毛脱肉熟，乃刳[2]而取之。云必如是始[3]脆美。越一两日，肉尽乃死。当未死时，箝其口不能作声，目光怒突，炯炯如两炬，惨不可视。而许恬然不介意。

后患病，遍身溃烂无完肤，形状一如所屠之驴。宛转茵[4]褥，求死不得，哀号四五十日，乃绝。病中痛自悔责，嘱其子志学急改业。

简注：

本篇选自纪昀《阅微草堂笔记》。

1.沃（wò）：灌溉，浇。2.刳（kū）：剖开，挖空。3.始：才。4.茵：垫子，褥子。

今译：

屠户许方，他杀驴之前先掘地作一壕坑，在上面放一块木板，在木板四角挖四个洞，使驴足陷入其中。有买肉的来，根据所买数量多少，用壶盛开水浇在驴子身上，使毛脱肉熟，才剖开取肉。说必须如此肉才又脆又香。过了一两天，肉割尽了驴子才死。当驴子未死时，捆扎住它的嘴，使其不能发出叫声，这时驴子目光怒火欲喷，炯炯然如两个火把，惨不忍睹。然而许方却满不在乎，毫不介意。

　　许方后来生病，遍身溃烂体无完肤，形状完全像他所宰杀的驴子。在卧床的垫褥上辗转翻滚，求死不能，哀号四五十天，才断气。他在病中深深悔恨自责，嘱咐他的儿子许志学赶快改学别的手艺。

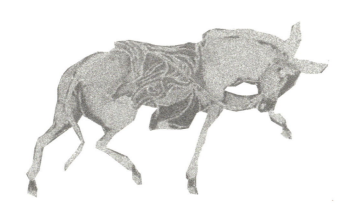

骆驼

骆驼故事

原文：

敦煌西，渡流沙[1]，往外国。济[2]沙千余里，无水。时有伏流[3]处，人不能知。骆驼知水脉，过其处辄不行，以足踏地。人于其所踏处掘之，辄得水。

①

骆驼知水脉

简注：

本篇选自《太平广记·博物志》。

1.流沙：沙漠中被风吹动游移不定的散沙。2.济：渡，越过。3.伏流：地下水，地表下的暗河。

今译：

从敦煌向西，穿过沙漠，就可以通往外国。越过千余里的沙漠地带，没有水。有时，地下有暗流的地方，人们也不知道。而骆驼能感知水脉，经过有暗流的地方，它就停下不走，用脚踏地。人们在它脚踏的地方挖掘，就能取到水。

②

说骆驼

原文：

驼状如马，其头似羊，长项垂耳，脚有三节，背有两肉峰如鞍形，有苍、褐、黄、紫数色，其声曰圆[1]，其食亦齝[2]。其性耐寒恶热，故夏至退毛至尽，毛可为毾[3]。其粪烟亦直上如狼烟。其力能负重，可至千斤，日行二三百里。又能知泉源水脉风候。凡伏流人所不知，驼以足踏处即得之。流沙夏多热风，行旅[4]遇之即死，风将至驼必聚鸣，埋口鼻于沙中，人以为验也。其卧而腹不着地，屈足露明者名明驼[5]，最能行远。于阗[6]有风脚驼，其疾如风，日行千里。

简注：

本篇选自李时珍《本草纲目》。

1. 圂（yà）：骆驼的鸣叫声。牛呼为哞，驼鸣为圂。2. 齝（chī）：牛反刍。牛羊等把经过粗嚼吞下的食物再反回嘴里细嚼慢咽，叫反刍。3. 毼（hé）：毛布，毛织品。4. 行旅：旅客，出远门的人。5. 明驼：善走的骆驼。《木兰诗》中有"愿借明驼千里足，送儿还故乡"之句。6. 于阗：古代西域国名，唐代属安西都护府，为安西四镇之一。在今新疆和田一带。

今译：

骆驼形状如马，头部似羊，长脖子垂耳朵，脚有三节，背上有两个肉峰，像马鞍形状，有苍、褐、黄、紫几种毛色，它的鸣声叫"圂"，它吃东西也要像牛一样反刍。它的禀性耐寒怕热，所以夏天一到就全身退毛，驼毛可以织毛布。骆驼的粪烟也像狼烟一样笔直向上。骆驼有力气能负重，可驮千斤，一天能走二三百里。它又能知道泉源水脉风候。凡有人所不知的暗流，在骆驼停下用脚踏的地方，即可取得地下水。流沙地带夏季多热风，旅客遇上这种热风就会死亡，热风要来的时候，骆驼必定集体鸣叫，

然后把嘴巴、鼻子埋藏在沙中，人们都认为很灵验。骆驼中卧下而腹部不着地、屈足露明的称为"明驼"，最能行远途。于阗地区有一种"风脚驼"，快速如风，日行千里。

犬

犬的故事

山海异闻
——古书里走出来的动物们

原文：

一丐者死于路，所畜犬守之不去。夜有狼来啖[1]其尸，犬奋啮[2]不使前。俄诸狼大集，犬力尽踣[3]，遂并为所啖。惟存其首，尚双目怒张，眦[4]如欲裂。

❶ 丐者死于路

简注：

本篇选自纪昀《阅微草堂笔记》。

1．啖（dàn）：吃。2．啮（niè）：咬，啃。3．踣（bó）：向前跌倒。4．眦（zì）：眼角。

今译：

　　一个乞丐死在路上，他所养的狗守着他不离开。夜里有狼来吃乞丐的尸体，狗奋力撕咬不让狼上前。不一会儿群狼齐来，那狗气力耗尽向前跌倒，便和乞丐一道被狼群吃掉了。唯独狗头还在，仍然双目怒睁，眼角欲裂。

❷ 小花犬

原文：

　　先祖母张太夫人，畜一小花犬。群婢患其盗肉，阴扼杀之。中一婢曰柳意，梦中恒见[1]此犬来啮，睡辄呓语[2]。太夫人知之，曰："群婢共杀犬，何独衔冤于柳意？此必柳意亦盗肉，不足服其心也。"考问[3]果然。

简注：

本篇选自纪昀《阅微草堂笔记》。

1.恒见：常见。2.呓语：梦话。3.考问：考讯审问，为考查而提问与用刑具逼供的"拷问"含义不同。

今译：

我的已去世的祖母张老夫人，曾经畜养过一条小花狗。众婢女厌恶它经常偷盗肉食，就偷偷地把它掐死了。其中一个婢女叫柳意，梦中常见小花狗来咬她，睡着后总是说梦话。老夫人知道此事后，说道："众婢女共同杀狗，此狗为什么单独含冤于柳意？必定是柳意也经常偷盗肉食，所以小花狗不服气。"经过拷问，果然如此。

原文：

汉汝南[1]李叔坚少为从事[2]，其家犬忽人立而行，家人咸[3]请杀之。叔坚曰："犬马谕[4]君子，见人行而效之，何伤也？"后叔坚解冠榻上，犬戴之以走，家人大惊，叔坚亦无所怪。犬寻又于灶前畜火，家人益惊愕。叔坚曰："儿婢皆在田中，犬助畜火，幸可不烦邻里，亦何恶也？"居旬日，犬自死，竟无纤芥[5]之灾，而叔坚终享大位[6]。

简注：

本篇选自《太平广记·风俗通》。

1.汝南：郡名。西汉时治所在上蔡（今河南上蔡西南），东汉时治所在平舆（今河南平舆北）。2.从事：官名，汉以后三公及州郡长官皆自辟僚属，多以从事为称。3.咸：全，皆。4.谕：理解，知晓。5.纤芥：细微。6.大位：高官之位。

今译：

　　汉代汝南郡李叔坚，年轻时任从事。他家的狗忽然像人一样站立起来行走，家中的人全都请求杀死它。叔坚说："犬马理解君子，看见人直立行走便加以效仿，这有什么危害呢？"后来叔坚脱下帽子放在床榻上，狗戴上帽子行走。家中人大惊，而叔坚仍然未加责怪。不久狗又在灶前储存火种，家里人更加惊愕。叔坚却说："孩子和奴婢都在田里，狗帮助储存火种，幸而可以不要去麻烦邻居，这有什么罪过呢？"过了十来天，狗自己死了，竟然未发生任何微小的灾祸，而叔坚后来终于做了大官。

原文：

❹ 杨生之犬救主

　　晋太和[1]中，广陵[2]人杨生者畜一犬，怜惜甚至，常以自随。后生饮醉，卧于荒草之中。时方冬燎原[3]，风势极甚。犬乃周匝[4]嗥吠，生都不觉。犬乃就水自濡，还即卧于草上。如此数四，周旋跬步[5]，草皆沾湿，火至免焚。

　　尔后生因暗行[6]堕井，犬又嗥吠至晓。有人经过，路人怪其如是，因就视之，见生在焉。遂求出己，许以厚报。其人欲请此犬为酬。生曰："此狗曾活我于已死，即不依命[7]，余可任君所须也。"路人迟疑未答。犬乃引领视井，生知其意，乃许焉。既而出之，系之而去。却⁸后五日，犬夜走还。

简注：

本篇选自《太平广记·续搜神记》。

1. 太和：东晋废帝司马奕的年号。2. 广陵：今江苏扬州市。3. 方冬燎原：正逢冬天烧荒草。4. 周匝：环绕。5. 跬步：古代指半步，相当于现在的一步。古人把行走时举足一次叫跬，双足各举一次叫步。这里跬步指小步慢行，让身上的水落在草上。6. 暗行：在黑夜中行走。7. 即不依命：如今不能遵从你的命令。8. 却：但，可是。

今译：

东晋太和年间，广陵人杨生养了一条狗，极为宠爱，经常让它伴随自己。后来有一次杨生喝醉了酒，躺在荒草丛中，当时正值冬天焚烧荒草的时候，风势很大。狗就围绕着杨生号叫，杨生也不醒。狗就跳进水

里把浑身濡湿，回来就躺在草上打滚。如此做了多次，又用小步子在杨生四周盘旋，让身上的水把草都沾湿。野火烧到这里就熄灭了，杨生免被烧死。

后来杨生黑夜走路落进井里，狗又号叫，直到天亮。有人经过此处，觉得这情况奇怪，因而上前探视，发现有人落在井中。杨生就请求路人救出自己，答应赠送厚礼。那人想要求用这狗作为报酬，杨生说："这狗曾把我从死亡中救活，如今我不能遵从你的命令，其他要

求任凭你提。"路人犹豫不决，迟迟不作回答。狗就伸颈顾望井中，杨生领会了狗的示意，就同意了路人的要求。于是路人就把杨生从井中救出，牵着狗走了。可是过了五天，狗在夜间跑回来了。

原文：

⑤

黑犬四儿

余在乌鲁木齐，畜数犬。辛卯[1]赐环[2]东归，一黑犬四儿，恋恋随行，挥之不去，竟同至京师。途中守行箧甚严，非余至前，虽僮仆不能取一物。稍近，辄人立怒啮。一日，过辟展七达坂[3]，车四辆，半在岭北，半在岭南，日已曛[4]黑，不能全度。犬乃独卧岭巅，左右望而护视之，见人影辄驰视。……

至京岁馀，一夕，中毒死。或曰："奴辈病其司夜严，故以计杀之，而托词于盗。"想当然矣。余收葬其骨，欲为起冢，题曰"义犬四儿墓"。

简注：

本篇选自纪昀《阅微草堂笔记》。

1.辛卯：干支纪年，即1771年。2.赐环：古时被放逐之臣，赦罪召还为赐环，永不召还谓赐玦。3.七达坂：纪昀原注："达坂译言山岭，凡七重，曲折陡峻，称为天险。"4.曛：黄昏，傍晚。

今译：

我流放在乌鲁木齐时，养了几条狗。辛卯年朝廷赐环召我东归，有一条黑狗叫四儿，恋恋不舍地跟随着我，赶也赶不走，竟然跟着我一同到达京城。它在途中守卫行李箱子非常严格，如果不是我前来，即使是僮仆也不能拿走一物。别人稍微靠近，它就像人一样地站立起来愤怒吼叫。一天，经过辟展七达坂，四辆大车，一半在岭北，一半在岭南，已到傍晚时分，车辆不能全部穿过山岭。黑狗四儿就独自卧伏在山顶，左右顾望，守护着四辆大车，看见人影，立即奔驰过去巡视。……

到京城一年多后，一天晚上，四儿中毒死了。有人说："奴仆们讨厌黑狗四儿值夜时过分严厉，所以设计杀害了它，并推托说是死于盗贼之手。"这只是主观的猜测，不一定可信。我收葬了黑狗的骸骨，要为它建立一座坟，墓碑上题词"义犬四儿墓"。

原文：

快犬黄耳

晋陆机[1]少时，颇好猎。在吴，有家客[2]献快犬曰"黄耳"。机任洛，常将自随。此犬黠慧[3]，能解人语。又常借人[4]三百里外，犬识路自还。

机羁官京师[5]，久无家问[6]。机戏语犬曰："我家绝无书信，汝能赍书[7]取消息否？"犬喜，摇尾作声应之。机试为书，盛以竹筒，系犬颈。

犬出驲路[8]，走向吴。饥则入草噬肉。每经大水，辄依渡者，弭毛掉尾[9]向之，因得载渡。

到机家，口衔筒，作声示之。机家开筒，取书看毕。犬又向人作声，如有所求。其家作答书，内筒[10]，复系犬颈。

犬复驰还洛。计人行五旬，犬往还才半。

后犬死，还葬机家村南二百步，聚土为坟，村人呼之为"黄耳冢"。

简注：

本篇选自《太平广记·述异志》。

1.陆机：西晋文学家，吴郡华亭（今上海松江）人。祖陆逊父陆抗，皆为三国时吴国名将。陆机年轻时任吴国牙门将。吴亡，家居勤学。西晋太康末，与弟陆云同至洛阳，以文才名重一时，时称"二陆"。后事成都王司马颖，在讨伐长沙王司马乂时，任后将军、河北大都督，兵败被谗，为颖所杀。2.家客：古代世族豪强荫庇下的一种依附人口，可以免除赋税和劳役。东汉时称"宾客"，晋代称"衣食客"。3.黠慧：狡猾而聪敏。4.常借人：曾经借给人。"常"通"尝"。5.羁（jī）官京师：因官职的约束而停留在京城。6.家问：家中的音讯。7.赍（jī）书：传送书信。8.驲（rì）路：驿道。驲，指古代驿站专用的车马。9.弭毛掉尾：敛毛摇尾，表示温顺驯服。10.内筒：放在竹筒里。"内"通"纳"。

今译：

晋代陆机年轻时，很爱打猎。在吴郡时，有衣食客进献一条快腿猎犬，名叫"黄耳"。陆机在洛阳任职时常常把它带在身边。这条狗狡猾又聪敏，能听懂人的话。还曾经把它借给人带到三百里以外，这狗认识路，自己能跑回来。

陆机公务缠身滞留京城，很久没有家中音讯。陆机开玩笑地对狗说："我家久绝书信，你能传递信件取得消息吗？"这狗很高兴，摇摇尾巴并发出答应的声音。陆机就试着写了一封信，装在竹筒里，系在狗颈上。

狗就出发上了驿道，奔向吴郡。饥饿时就到草丛中猎取小动物吃。每次经过大河时，就依附于渡河的人，敛毛摇尾驯服地跟随着，因而能够搭船渡河。

到了陆机家中，狗就用嘴叼着竹筒，发出声音示意。陆机家中的人拆开竹筒，取出书信看完。狗又向人发出声音，好像有什么要求。家中的人就写了回信，放在竹筒里，重新系在狗颈上。

狗又奔回洛阳。计算这段路程，人要走五十天，而这狗往返只用了二十五天。

后来狗死了，陆机把它送回家乡安葬在村南二百步的地方，堆土作成坟墓，村里人叫这墓为"黄耳冢"。

义犬

原文：

周村有贾某[1]，贸易芜湖[2]，获重赀[3]。赁舟将归，见堤上有屠人缚犬，倍价赎之，豢养舟上。舟人固积寇也，窥客装丰，荡舟入莽[4]，操刀欲杀。贾哀赐以全尸，盗乃以毡裹置江中。犬见之，哀嗥投水，口衔裹具，与共沉浮。流荡不知几里，达浅搁乃止。

犬泅出，至有人处，猸猸[5]哀吠。或以为异，从之而往。见毡束水中，引出断其绳。客固未死，始言其情。复哀舟人，载还芜湖，将以伺盗船之归。登舟失犬，心甚悼焉。

抵关三四日，估楫[6]如林，而盗船不见。适有同乡估客，将携俱归。忽犬自来，望客大嗥，唤之却走。客下舟趁[7]之。犬奔上一舟，啮人胫股，挞之不解。客近呵之，则所啮即前盗也。衣服与舟皆易，故不得而认之矣。缚而搜之，则囊金[8]犹在。

呜呼！一犬也，而报恩如是。世无心肝者，其亦愧此犬也夫！

简注：

本篇选自蒲松龄《聊斋志异》。

1. 贾（gǔ）某：商人某某。2. 芜

湖：今安徽芜湖市，位于长江南岸。3. 赀

（zī）：财物，资金。也作"资"。4. 莽：

茂密的草。这里指芦苇丛。5. 狺（yín）狺：

模拟狗叫声。6. 估楫：载货的商船。7. 趁：追赶。8. 曩金：先前的财物。

今译：

周村有个商人某某，在芜湖经商，获得了丰厚的利润。他租了一条船准备回家，看见堤岸上有个屠户在捆绑狗，就用双倍的价钱赎买下来，饲养在船上。船夫原来就是惯盗，窥见客商行装丰盈，就把船摇荡到芦苇丛中，举刀要杀。客商哀求赐给他全尸，盗匪就用毡子将他捆裹起来抛入江中。狗见了，哀鸣着跳入水中，口衔住毡子，与客商一齐在江水中沉浮。漂流不知多少里程，到一个浅滩才搁止住。

狗立即泅水上岸，到有人的地方，汪汪哀鸣。有人觉得奇怪，就跟着狗前往，见水中有一捆毡子，就拖上岸来割断绳索。客商原来还未死亡，便从头讲述事情的经过。客商又哀求当地的船夫搭载自己回芜湖，准备等候那条强盗船回来。上船以后，发现狗失踪了，心里非常哀痛。

到达芜湖码头三四天，船樯如林，却找不到那条强盗船。正好有位同乡商人，准备带他一齐返乡。忽然那狗自己来到，对着客商大声号叫，唤它前来，它却往后跑。客商就下船追赶它。那狗奔上一船，咬住一个人的腿，鞭打它也不松口，客商上前呵喝，发现被咬的人正是先前的盗匪。

这个盗匪的衣服和船都已变换，故而不能辨认出他。于是客商捆绑起盗匪进行搜索，先前被抢劫的财物还在。

啊！一条狗还这样报恩！世上没有心肝的人，大约也有愧于此狗吧！

⑧ 伏波滩义犬

原文：

伏波滩，入广之要区，因其地有汉伏波将军[1]庙而名也。某年有客收债而返，泊其处。船户数人，夜操刀直入，曰："汝命当毕于斯。我辈盗也，可出受死，勿令血污船舱，又需涤洗。"客哀求曰："财物悉送公等，肯俾[2]我全尸而毙，不惟[3]中心无憾，且当以四百金[4]为酬。"盗笑曰："子所有尽归吾囊橐，又何从另有四百金？"客曰："君但知[5]舟中物，岂识其余？"乃出券示之，曰："此项现存某行，执券往索可得。惟我清醒受死，殊难为情。请赐尽醉，裹败席而终，可乎？"盗怜其诚，果与大醉，席卷而绳缚之，抛掷于河。

甫溺[6]，有犬跃而从焉。俱顺流傍岸，犬起抓击庙门。僧问为谁，不应。及启关[7]，见狗走入，浑身淋漓，衔僧衣不放，若有所引。随至河边，见裹尸，俱欲散去，犬复作遮拦状。僧喻其意，抬尸至庙，抚之，酒气薰腾，犹有鼻息。解其缚，验席上有齿痕，始知是犬啮断，乃与茶汤而卧。

明晨，客醒曰："盗走水路，我辈从陆告官，当先盗至。盖度其必执券而往某行也。"僧诺与俱，盗果未至。因告行主人以故，戒勿泄。俄而盗果持券至，主人伪为趋奉，遣客鸣官，遂皆擒获。

客偕犬同归，终老于家，不复再出，著《义犬记》。

简注：

本篇选自袁枚《续子不语》。

1. 伏波将军：指东汉马援，光武帝刘秀任命他为伏波将军。2. 俾：使。3. 不惟：不仅，不只是。4. 金：古代计算货币的单位，秦代一镒（二十两）为一金，汉代一斤为一金，因时而异。后又以银一两为一金。这里"四百金"大概是四百两白银。5. 但知：只知道。6. 甫溺：刚刚淹没。7. 启关：拉开门闩。

今译：

伏波滩，是进入两广地区的咽喉要地，因为此地有伏波将军庙而得名。某年有位客商收债返回，停泊在此处。几个船民，夜里持刀直入船舱，说："你的性命应当结束在此。我们是强盗。你可出来受死，不要让鲜血污染了船舱，那样还需要清洗。"客商哀求说："财物全部送给你们，如果肯使我全尸而亡，不但我心中没有遗憾，而且会以四百金作为报酬。"强盗笑道："你所有的东西尽归我们口袋，又如何另有四百金？"客商说："你只知道船里的东西，怎能知道其余的东西？"就取出票券给他看，并说："这笔款项现在存放在某某钱庄，拿这票券前往索取就可得到。只是我清醒受死，心理上实在承受不了。请赐酒让我大醉，然后裹上破席而死，可以吗？"强盗怜悯他的诚恳，果然让他大醉，裹上席子并用绳子捆好，抛进河中。

客商刚刚被扔下水淹没，有一条狗跃入水中跟随着。狗和客商一道

顺流而下终于靠了岸，狗爬上岸后就去撞击庙门。和尚问是谁，没有回应。等到拉开门闩，看见一条狗进入，浑身湿淋淋，咬着和尚的衣服不放，好像要把他引到一个地方。和尚随狗来到河边，看见裹尸，都想离去，而狗又做出遮拦的样子。和尚明白了狗的意思，把裹尸抬到庙中，摸摸尸体，酒气熏天，鼻子还有气息。解开绳子，发现席子上有牙齿印痕，方才知道是狗曾经啮咬想把人从中解脱出来。于是就给客商灌下茶汤，让他睡下。

次日清晨，客商醒后说："强盗走水路，我们从陆路报告官府，应比强盗先到。估计强盗必定会拿着票券前往某钱庄。"和尚答应同他一道去，强盗果然还未到。便向钱庄老板叙述了事情的经过，请他保密。不一会儿强盗果然拿着票券来到，钱庄老板假装殷勤招待，同时让客商到官府告发，便把强盗全都擒获。

客商同狗一道回家了，终生养老于家乡，不再远出，他还写了一篇《义犬记》。

❾ 二犬

原文：

有巨室养一犬，高四尺许，状狰狞，解人意。巨室延¹书生馆于家²。馆中近卧榻处蓄数十风鱼³，悬篮中缯诸梁上⁴。

书生夜卧，黎明觉门聿⁵然辟⁶。一物顶一几置梁下，顶一椅子于前，又顶一椅，登前椅，位几面，立身解缯取篮下，尽食风鱼，

仍以篮悬故处，顶两椅一几置原所而去。生卧不敢言，细视之，则犬也。

数日主人觅风鱼，怪其尽，将责僮仆。生欲语而犬在侧，貌甚狠恶。生吞其词，伺犬去乃白主人[7]。主人未责犬也。抵夜，生方卧，犬忽来，周身视之而去。少顷衔一席等生身[8]，又衔去。生恐，潜遁他室。犬来登榻启衾，啮之不得，狠狠而去。生白主人，杖杀犬。见后园中犬剖一坑，置席其间。盖欲杀生而埋之，以灭其迹也。

吁！犬解人意而如此，不如蠢蠢然不解为愈[9]矣。

浦坂崔氏有一犬，亦善解人意，状如常犬而甚驯，食之非粝滓不敢食。晨昏守阃[10]，虽大风雪不肯去。衣冠而来者不吠，童子不吠，妇女不吠，老翁不吠，同村住者虽褴褛不吠，人持物入门亦不吠。人生则吠，举动消沮[11]则吠。有持物出门者环吠之不得去，必主人出语之故乃曳尾而退。

一日，从主人馌[12]耕者。主人遗锡罐东阡[13]间，犬守之。转至西陇[14]不见犬，疑先归也，遂归。归无犬，遍寻数日终不见。忽忆遗锡罐东阡间，急往视之，则犬已抱锡罐而饿死。因瘗[15]之，即以罐殉。

简注：

本篇选自徐昆《柳崖外编》。

1.延：邀请。2.馆于家：在家中设蒙馆。3.风鱼：鱼干。4.缯诸梁上：用丝绳把它绑扎在屋梁上。诸，之于的合音词。5.砉（huā）：模拟急速动作的声音。6. 辟：开。7. 白主人：向主人说明。8. 等生身：衡量书生身材长短。9. 为愈：为强。愈，贤也，胜也。10. 守阍：看守大门。11. 消沮：衰败颓丧。12. 饁（yè）：到田间给耕作者送饭。13. 阡：田间南北向小路叫

阡，东西向小路叫陌。合称阡陌，泛指田间纵横交错的小路。14. 陇：同"垄"，田地分界处略为高起的小路。15. 瘗（yì）：埋葬。

今译：

有个世家大族养了一条狗，高四尺多，外貌狰狞，能解人意。这个大家族聘请了一个书生在家中开设蒙馆。蒙馆里靠近卧榻处储存着几十条风鱼干，放在篮子里并用丝绳把篮子悬吊在屋梁上。

书生夜间睡着，黎明时觉得房门哗的一声推开了。有一东西顶着一个案几放置在屋梁下，又顶着一把椅子放在案几前，再顶来一把椅子，登上前椅，把后顶的椅子放在案几的上面，立起身子解脱丝绳取下篮子，把风鱼干全部吃光，仍旧把篮子悬放在老地方，把两把椅子一个案几放在原处而后离去。书生睡着不敢讲话，仔细一看，原来是狗。

几天后主人寻觅风鱼干，发现风鱼干全都没有了，感到非常奇怪，准备责骂奴仆。书生想说明真相，然而那狗就在旁边，表情十分狠毒。书生把到嘴边的话吞下去了，等狗离开后，才告诉主人。主人当时并没有责怪狗。到了夜里，书生正在睡觉，狗忽然来了，细看书生的周身以后离去。不一会儿狗衔一条席子来衡量书生身材，然后又衔着席子走了。书生害怕，偷偷地躲到别的房间里。狗来登床掀被，咬不到人，怒冲冲地离去。书生报告了主人，主人叫人用棍棒打死这条狗。发现后园中狗

已刨了一个坑，坑中放着席子。大概它要把书生杀死后埋在这里，以消灭书生之形迹。

唉！狗解人意而如此，不如笨拙无知为好。

浦坂崔氏家有一条狗，也善解人意，外貌如同普通的狗而且非常温驯，只肯吃残羹剩饭，不敢吃好东西。早上晚上看守大门，即使是大风雪天气也不离开。对衣冠楚楚而来的人它不吠，对儿童它不吠，对妇女它不吠，对老翁它不吠，对同村居住者即使衣服破烂它不吠，对持物入门的人它也不吠。对生人就叫，对外貌举止衰败颓丧者就叫。对持物出门者就围绕着叫使人不能离开，必须主人出来说明缘故它才拖着尾巴退去。

有一天，狗随从主人到田间给耕作者送饭。主人把锡罐遗忘在东边田间小路上，狗就在那里守护。主人转到西边田间不见狗，猜想狗已先回家，自己也就回来了。回家后没有狗，到处寻找，好几天始终找不到。忽然回忆起锡罐遗忘在东边的田间了，急忙前往看望，那狗已经抱着锡罐而饿死了。于是主人把狗埋葬，就用锡罐作为陪葬品。

猫的故事

山海异闻
——古书里走出来的动物们

原文：

　　闽中某夫人喜食猫。得猫则先贮石灰于罂[1]，投猫于内，而灌以沸汤。猫为灰气所蚀，毛尽脱落，不烦挦[2]治，血尽归于脏腑，肉白莹如玉。云味胜鸡雏十倍也。日日张网设机，所捕杀无算。

　　后夫人病危，呦呦[3]作猫声，越十余日乃死。

某夫人喜食猫

简注：

　　本篇选自纪昀《阅微草堂笔记》。

　　1. 罂（yīng）：腹大口小的容器，多用陶土烧制而成。2. 挦（xián）：撕，拔，拉。3. 呦（yōu）呦：象声词。本为鹿鸣声，这里作猫叫声。

今译：

　　福建某位夫人喜欢吃猫。捉到猫就先在陶罂中放上石灰，把猫丢进去，而后用开水浇灌。猫被石灰蒸汽侵蚀，毛全部脱落，不用再去拔除，血液尽归于内脏，猫肉洁白光亮如美玉。听说其味胜过童子鸡十倍。天天张罗网设机关，被捕杀的猫无数。

　　后来夫人病重，喵喵喵地发出猫叫声，过了十多天才死去。

② 猫言

原文：

某友言：

某公夜将寝，闻窗外偶语[1]，潜起窥之。时星月如昼，阒[2]不见人，乃其家猫与邻猫言耳。邻猫曰："西家娶妇，盍[3]往觇[4]乎？"家猫曰："其厨娘善藏，不足税[5]吾驾也。"邻猫又曰："虽然，姑一行何害？"家猫又曰"无益也。"邻猫固邀，家猫固却，往复久之。邻猫跃登垣，犹遥呼曰："若来[6]！若来！"家猫不得已，亦跃从之，曰："聊奉伴耳！"

某公大骇，次日执猫将杀之，因让[7]之曰："尔猫也，而人言耶？"猫应曰："猫诚能言，然天下之猫皆能言也，庸[8]独我乎？公既恶之，猫请勿言。"某公怒曰："是真妖也！"引槌将击杀之。猫大呼曰："天乎，冤哉！吾真无罪也！虽然，愿一言而死。"某公曰："若复何言？"猫曰："使我果妖，公能执我乎？我不为妖，而公杀我，则我且为厉[9]，公能复杀我乎？且我尝为公捕鼠，是有微劳于公也。有劳而杀之，或者其不祥乎？而鼠子闻之，相呼皆至，据廪[10]以糜粟，穴簏[11]以毁书，椸[12]无完衣，室无完器，公不得一夕安枕而卧也。妖孰甚焉？故不如舍我，使得效爪牙[13]之役。今日之惠，其宁敢忘？"某公笑而释之。猫竟逸去，亦无他异。

简注：

本篇选自乐钧《耳食录》。

1.偶语：相对私语。2.阒（qù）：寂静无声。3.盍（hé）：何不。4.觇（chān）：窥视，察看。5.税：赠送。6.若来：你来。7.让：责备。8.庸：

岂，表示反问。9. 厉：恶鬼。10. 廪（lǐn）：粮仓，仓库。11. 篓（lǔ）：用竹篾、柳条或藤条等编成的圆形盛器。12. 桅（yí）：晾衣的竹竿，衣架。13. 爪牙：鸟兽的坚爪利牙，比喻武将，比喻辅佐的人。

今译：

我的一位朋友说：

某公夜晚将要就寝时，听到窗外有相对私语声，就轻轻起身窥看。当时星光月光照耀，明亮如同白天，四周寂静不见人影，原来是家猫与邻猫在交谈。邻猫说："西边人家娶媳妇，何不前去看看？"家猫说："那家厨娘收藏东西精细得很，没有什么食物可以酬劳我的到来。"邻猫又说："虽然如此，姑且走一趟有什么坏处？"家猫又说："没有好处。"邻猫再三地邀请，家猫再三地拒绝，反反复复很久。邻猫跳上墙头，还远远地呼唤："你来！你来！"家猫不得已，也跃上墙头，随之而去，并说："姑且陪陪你吧！"

某公十分震惊，第二天捉了猫要杀掉它，于是责备它说："你是猫，怎么像人一样说话呢？"猫应答说："猫确实能说话，然而世界上的猫都能说话，岂独是我一个呢？您既然讨厌，就叫猫今后不要再说话。"某公发怒说："这真是妖孽！"便拿起棒槌要打死猫。猫大喊说："天呀，真冤枉啊！我真是无罪过！虽然如此，请让我说句话后再死。"某公说："你还有什么话要讲？"猫说："假使我果真是妖，您能捉住我吗？如果我不是妖，而您却杀了我，则我将变成厉鬼，您能再杀我吗？况且我曾经为您捕鼠，对您有微小的功劳，有功劳而被杀，也许不吉祥吧！而老鼠们听到这消息，会相互呼唤纷纷来到，占据粮仓消耗粮食，咬穿书箱毁损书籍，衣架上没有完好的衣服，房间里没有完整的器皿，您没有一天晚上可以安枕而眠。哪种妖孽更厉害呢？所以不如放掉我，让我奉献爪牙之劳。今天您的恩情，我岂敢忘记！"某公微笑着释放了它。猫终于逃走了，也没有什么怪异的事发生。

原文：

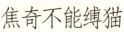

沂州[1]山峻险，故多猛虎。邑宰[2]时令[3]猎户捕之，往往反为所噬[4]。

有焦奇者，陕人，投亲不值[5]，流寓于沂。素神勇，曾挟千佛寺前石鼎，飞腾大雄殿左脊，故人呼为焦石鼎云。知沂岭多虎，日徒步入山，辄手格[6]毙之，负以归，如是为常。

一日入山，遇两虎帅一小虎至，焦性起，连毙两虎，左右肩负之，而以小虎生擒而反。众皆辟易[7]，焦笑语自若。

富家某，钦其勇，设宴款之。焦于座上，自述其平昔缚虎状，听者俱色变。而焦益张大其词，口讲指画，意气自豪。俄[8]有一猫，登宴攫食，腥汁淋漓满座上。焦以为主人猫也，听其大嚼而去。主人曰："邻家孽畜，可厌乃尔！"亡何[9]，猫又来。焦急起奋拳击之，座上肴核[10]尽倾碎，而猫已跃伏窗隅。焦怒，又逐击之，窗棂尽裂。猫一跃登屋角，目眈眈视焦。焦愈怒，张臂做擒缚状，而猫嗥然一声，曳尾徐步，过邻墙而去。焦无计所施，面墙呆望而已。主人抚掌笑，焦大惭而退。

夫能缚虎，而不能缚猫，岂真大敌勇、小敌怯哉？亦分量不相当耳。函牛之鼎[11]，不可以烹小鲜[12]；千斤之弩，不可以中鼷鼠[13]。怀才者宜知，用材者益宜知矣。

简注：

本篇选自沈起凤《谐铎》。

1. 沂州：今山东临沂市。2. 邑宰：县令。3. 时令：经常命令。4. 噬（shì）：咬。5. 不值：没有碰上。6. 手格：格，打。手格，徒手搏斗。7. 辟易：惊退。8. 倏（shū）：极快地，忽然。9. 亡何：没多久。又作"无何"。10. 肴核：菜肴、水果。11. 函牛之鼎：能容纳牛的锅。12. 小鲜：小鱼。13. 鼷（xī）鼠：鼠类中最小的一种。

今译：

沂州的山非常险峻，所以猛虎多。县令时常命令猎户去捕捉，往往反而被虎咬死。

有个叫焦奇的，陕西人，投亲不遇，流浪在沂州。焦奇平日神勇过人，曾经挟住千佛寺前的石鼎，飞腾到大雄宝殿左边的屋脊，所以人们叫他"焦石鼎"。他听说沂岭虎多，就在白天徒步进山，徒手便打死了老虎，背负着死虎回来，像这种情况已习以为常。

有一天入山，遇见两只大虎带着一只小虎来到面前，焦奇勇气大起，接连打死两只大虎，左右肩上各扛一只，又把小虎生擒后返回。众人看见都吓得避让，而焦奇却谈笑自如。

某个富豪，钦佩焦奇的神勇，设宴款待他。焦奇在座位上，自述平日缚虎的情况，听者都惊吓得变了脸色。而焦奇愈加夸大其词，一边口述一边比画，得意扬扬。忽然一只猫跳上宴席抢东西吃，菜肴汤汁满座淋漓狼藉。焦奇以为是主人家的猫，听任它大嚼而去。主人说："这是邻居家的恶猫，竟然如此讨厌！"不久，猫又来了。焦奇急忙起身用力挥拳击猫，席上的菜肴水果全都倾倒破碎，然而猫却已跳伏在窗户的一角。焦奇发怒，又追赶过去打它，窗子的框格全都破裂。猫一跃而登上房屋的角落，两眼威武地直视焦奇。焦奇愈加愤怒，张开双臂做擒缚的姿势，而猫号叫一声，拖着尾巴迈着慢步，跳过邻家的墙头离去。焦奇无计可施，对着墙壁呆望而已。主人拍手大笑，焦奇非常惭愧地退回到座位上。

　　能缚虎，而不能缚猫，难道真是遇大敌就勇猛、遇小敌就怯懦吗？也是分量不相当罢了。能够容纳大牛的锅，却不能用来烹调小鱼；千斤之力的强弓，却不能用来射中小鼠。怀才者应该知道这个道理，用才者更应该明白这个道理。

猪的故事

山海异闻
——古书里走出来的动物们

原文：

有人畜一猪，见邻叟辄瞋目[1]狂吼，奔突欲噬，见他人则否。邻叟初甚怒之，欲买而啖其肉。既而憬然[2]省曰："此殆[3]佛经所谓夙冤[4]耶！世无不可解之冤！"乃以善价赎得，送佛寺为长生猪。后再见之，弭耳昵就，非复曩态[5]矣。

长生猪

简注：

本篇选自纪昀《阅微草堂笔记》。

1. 瞋（chēn）目：怒睁双眼。2. 憬然：醒悟的样子。3. 殆：大概，恐怕。4. 夙冤：旧有的冤仇。5. 曩（nǎng）态：从前的态度。

今译：

有人饲养了一只猪，此猪见到隔壁老头儿就怒目圆睁疯狂吼叫，奔跑过来就要撕咬，而见到他人并不这样。隔壁老头儿开始时非常愤怒，想把它买回来杀了吃它的肉。后来醒悟反省说："这大概就是佛经上所说的宿怨吧！世上没有不可解的冤仇！"于是就用大价钱把这猪买回来，捐赠到佛寺里作为长生猪。后来隔壁老头儿再见到此猪，此猪帖耳温驯，友善亲近，完全不是昔日的态度了。

❷
野猪

原文：

又有野猪，猛鸷亚于野牛，毛革至坚，枪矢弗能入，其牙铦[1]于利刃，马足触之皆中断。吉木萨山中有老猪，其巨如牛，人近之辄被伤，常率其族数百，夜出暴[2]禾稼。参领[3]额尔赫图牵七犬入山猎，猝与遇，七犬立为所啖，复厉齿向人。鞭马狂奔，乃免。

余拟植木为栅，伏巨炮其中，伺其出击之。或曰："傥击不中，则其牙拔栅如拉朽，栅中人危矣。"余乃止。

简注：

本篇选自纪昀《阅微草堂笔记》。

1.铦（xiān）：锋利。2.暴：糟蹋。3.参领：清代八旗制度中官名，官阶为正三品，位在都统之下，佐领之上。

今译：

又有野猪，凶暴勇猛稍逊于野牛，皮毛极为坚固，枪弹箭头不能射入，那牙齿比利刃还要锋利，马足碰上都会折断。乌鲁木齐附近的吉木萨山中有一只老野猪，其大如牛，人靠近它就会被伤害。它经常率领同族的野猪数百只，夜间出来糟蹋庄稼。有一次参领额尔赫图带着七条狗进山打猎，突然与野猪遭遇。七条狗立即被野猪咬死吃掉了，野猪接着又龇牙咧嘴向人扑来。参领额尔赫图策马狂奔，方幸免于难。

我准备竖木为栅栏，里面埋伏大炮，等候野猪出现时就击毙它。有人对我说："如果击不中，那么野猪利牙拔除栅栏犹如摧枯拉朽，栅栏中的人就十分危险。"于是我就停止了。

鸟的故事

山海异闻
——古书里走出来的动物们

燕雏

原文：

汉¹户部²侍郎³范质⁴言：尝有燕巢于舍下，育数雏，已哺食矣。其雌者为猫所搏，食之。雄者啁啾⁵，久之方去。即时又与一燕为匹而至，哺雏如故。不数日，诸雏相次堕地，宛转⁶而僵。儿童剖腹视之，则有蒺藜子⁷在嗉⁸中。盖为继偶者所害。

简注：

本篇选自《太平广记·玉堂闲话》。

1. 汉：指五代后汉。2. 户部：官署名，掌管全国土地、户籍、赋税、财政等事务。长官为户部尚书。3. 侍郎：官名，为各部尚书之副。4. 范质：五代后唐进士，后汉时任户部侍郎，后周时累知枢密院，宋太祖时加侍中，封鲁国公。以廉介自持，所得禄赐，多给孤遗。5. 啁（zhōu）啾（jiū）：象声词，形容鸟叫声。6. 宛转：辗转。这里是痛苦挣扎之意。7. 蒺藜子：一年生草本植物蒺藜的种子，外表有尖刺。8. 嗉：又称嗉子、嗉囊，是鸟类消化器官的一部分。

今译：

五代后汉户部侍郎范质说：曾经有一对燕子筑巢在屋檐下，孵育了几只小燕子，已经可以喂食。那只母燕子被猫捉住吃掉了，公燕子啾啾地鸣叫，很久方才离去。不久又与一只母燕子配偶归来，像过去一样哺育小燕子。没有几天，几只小燕子接二连三坠落到地上，痛苦地挣扎了几下就僵死了。儿童们把小燕子的肚子剖开一看，嗉子里有带刺的蒺藜子。这大约是被续配的母燕子害死的。

❷

孤燕

原文：

豫章[1]某节妇[2]家，岁有双燕巢其堂。后雌燕独来，盖亦孀[3]矣。或谓孤燕不祥，毁巢而逐之。燕旋毁旋葺[4]，终不去。他日忽有双燕者，径来[5]夺其巢，孤燕露处宇下，孑然[6]悲鸣。而是夜双燕竟为鼠啮以死。孤燕乃复，闻者快之。

节妇既贫，鬻[7]其室他徙。明年，孤燕至，讶主人已非，徘徊旧巢，已复去。卒[8]访得其新居，构垒处焉[9]。去来者十九年。

简注：

本篇选自乐钧《耳食录》。

1. 豫章：今江西南昌市。 2. 节妇：有节操的妇女。

3. 孀：名词，指死了丈夫的女人；动词，指守寡。

4. 葺（qì）：对房屋进行修理。 5. 径来：直接前来。

6. 孑（jié）然：孤单无依的样子。 7. 鬻（yù）：卖。 8. 卒：终于，最终。

9. 构垒处焉：构，构建；垒，营垒，堡寨，这里喻指燕巢。处焉，处于之，安置在那儿。

今译：

豫章某个节妇家，每年都有一对燕子巢居在屋檐下。后来雌燕独自飞来，大概它也守寡了。有人说孤燕不吉祥，节妇就毁掉燕巢，赶走雌燕。然而燕巢刚刚捣毁，雌燕随即就把它修复，始终不肯离开。有一天，忽然有双燕飞来，直接抢夺了孤燕的巢穴。孤燕只好露天待在屋下，孤单无依地悲鸣。然而就在这天夜里，双燕竟然被老鼠咬死了。孤燕便重新回到旧居，听到这消息的人都很高兴。

节妇生活贫困，卖掉房子迁往他处。第二年孤燕归来，惊讶已非旧主人，在旧巢前徘徊多时，然后离去。终于寻找到主人的新居，就在新居那里筑起新巢。从此秋去春来共有十九年。

原文：

雁状似鹅，亦有苍、白二色。今人以白而小者为雁，大者为鸿，苍者为野鹅。……雁有四德：寒则自北而南，止于衡阳[1]，热则自南而北，归于雁门[2]，其信也；飞则有序而前鸣后和，其礼也；失偶不再配，其节也；夜则群宿而一奴巡警，昼则衔芦以避缯缴[3]，其智也。而捕者豢之为媒，以诱其类，是则一愚矣。

雁有四德

简注：

本篇选自李时珍《本草纲目》。

1.衡阳：在今湖南衡阳市，其地位于衡山之南，故名衡阳。2.雁门：关名、山名，在今山西代县西北，古因两山对峙，雁度其间，故名雁门。3.缯（zēng）缴（zhuó）：也作"矰缴"。指猎取飞鸟的射具。矰为射鸟用的拴着丝绳的短箭，缴为系在短箭上的丝绳。

207

今译：

　　雁的外形像鹅，也有苍、白两种颜色。今人以为白而小的是雁，大的是鸿，苍色的是野鹅。……雁有四种美德：天寒时就由北向南，停止于衡阳，天热时就由南向北，回归于雁门，这是它的诚信；飞的时候很有秩序，前面的鸣，后面的和，这是它的礼仪；失去伴偶后就不再婚配，这是它的节操；夜间群宿时有一雁奴巡游警戒，白天会衔芦噤声以避免猎人袭击，这是它的智谋。然而捕猎者会豢养雁，使它成为媒子，用它来诱捕同类，这却是雁的一种愚昧了。

原文：

　　雁宿于江湖之岸，沙渚之中，动[1]计千百，大者居其中，令雁奴[2]围而警察[3]。南人有采捕者，俟[4]其天色阴暗，或无月时，于瓦罐中藏烛，持捧者数人，屏气潜行。将欲及之，则略举烛，便藏之。雁奴惊叫，大者亦惊，顷之复定。又欲前，举烛，雁奴又惊。如是数四，大者怒啄雁奴。秉[5]烛者徐徐逼之，更举烛，则雁奴惧啄，不复动矣。乃高举其烛，持棒者齐入群中，乱击之，所获甚多。昔有淮南人张凝评事[6]话之，此人亲曾采捕。

简注：

　　本篇选自《太平广记·玉堂闲话》。

　　1.动：每每，常常。2.雁奴：指失去配偶的孤雁。孤雁在雁群常受虐待。3.警察：警戒、观察。是动词。4.俟（sì）：等待。5.秉：持，拿。

6.评事：官职名，大理寺属官，掌平决刑狱之事。

今译：

雁群夜晚歇宿在江湖岸边或沙洲中间，数量常有千百只，大首领住在中央，命令雁奴在周围警戒观察。南方有专门捕捉大雁的人，等到天黑时，或在没有月光的夜间，在瓦罐中藏着烛火，还有几个拿棍棒的人，大家屏着呼吸偷偷前进。快要接近雁群时，就将烛火稍微举一下，马上就收藏起来。雁奴惊叫起来，雁群的首领也惊醒了，过了一会儿便重新安定下来。捕捉者又前进，再举一下烛火，雁奴又惊叫起来。如此反复多次，雁群首领愤怒地啄咬雁奴。以后瓦罐藏火的人慢慢逼近雁群，再举烛火，雁奴怕被啄咬，不再惊叫呼告。这时便高举烛火，拿棍棒的人一齐进入雁群，乱打一气，收获很多。从前淮南人张凝评事讲过这事，这人曾经亲自捕捉过大雁。

原文：

天津¹弋人²得一鸿。其雄者随至其家，哀鸣翱翔，抵暮始去。次日，弋人早出，则鸿已至，飞号从之，既而集³其足下。弋人将并捉之。见其伸颈俯仰，吐出黄金半铤⁴。弋人悟其意，乃曰："是将以赎妇也！"遂释雌。两鸿徘徊，若有悲喜，遂双飞而去。

❺

鸿

简注：

本篇选自蒲松龄《聊斋志异》。

1. 天津：即天津卫，清代州、府名，治所在今天津市，辖境相当于今天津市及河北青县、沧州、南皮以东诸县和山东宁津、庆云二县。2. 弋（yì）人：射鸟人。以绳系箭而射，称弋。3. 集：群鸟栖息于树上。这里只是"停歇"的意思。4. 铤（dìng）：指古代专门铸成的各种形状的金银块，用以货币流通。后沿用"锭"字。

今译：

天津卫捕鸟人捉到一只雌鸿雁。那雄鸿雁跟随到捕鸟人的家，哀鸣翱翔，到天黑时才离去。第二天，捕鸟人一大早出门，而雄鸿雁已经来了，飞翔着哀号着跟随着捕鸟人，而后又停歇在他的脚下。捕鸟人将要一并把它捉住。只见雄鸿雁伸长颈项，时而俯下时而仰起，忽然吐出黄金半铤。捕鸟人领悟了它的意思，便说道："这是用来赎回妻子的！"就释放了雌鸿雁。两只鸿雁相会后缠绵悱恻，悲喜交集，然后就双双飞去。

❻ 雁冢

原文：

无锡县荡口镇民，生得一雁，将杀而烹之。有书生见而悯焉，买以归，畜之以为玩。惧其逸去，以线联其两翮[1]，使不能飞。雁杂处鸡鹜[2]间，亦颇驯扰[3]，惟闻长空雁唳[4]，辄昂首而鸣。

一日，有群雁过其上，此雁大鸣，忽有一雁自空而下，集于屋檐，两雁相顾，引吭[5]

奋翮，若相识者，一欲招之下，一欲引之上。书生悟此两雁必旧偶也，乃断其线使飞。而此雁垂翅既久，不能奋飞，屡飞屡堕，竟不得去。屋檐之雁守之终日，忽自屋飞下，相对哀鸣。越日视之，则俱毙矣。书生感其义，合而瘗[6]之，名曰"雁冢"。

嗟乎！禽鸟之微，犹不忘其偶若此，使人弥增伉俪[7]之重！

简注：

本篇选自俞樾《右台仙馆笔记》。

1. 翮（hé）：翅膀。2. 鹜（wù）：鸭子。3. 驯扰：驯服。扰，顺也，服也。"驯扰"是由两个同义词素构成的复合词。4. 唳（lì）：飞鸟鸣叫。5. 吭（háng）：喉咙。6. 瘗（yì）：埋葬。7. 伉（kàng）俪（lì）：夫妇。

今译：

无锡县荡口镇上一个居民，活捉到一只雁，将要把它杀掉煮了吃。有个书生见到，非常怜悯，就买下带回，畜养着玩耍。怕它逃走，就用线绳结连它的两翅，使它不能飞翔。此雁杂处于鸡鸭中间，也很驯服，只是听到高空雁叫时，就会昂首长鸣。

有一天，有雁群飞过上空，此雁大叫，忽然有一雁自空而下，停歇在屋檐上，两雁相见，鸣叫振翅，像是熟识者，一个想招它下来，一个想引它上去。书生明白这两雁必定是过去的配偶，就剪断线绳让它飞走。

然而此雁垂翅已久，不能奋飞，屡飞屡落，终究不能离去。屋檐上那雁，守候终日，忽然从屋上飞下来，相对哀鸣。过了一天去看它们，两雁都死了。书生被它们的情义所感动，把它们合葬在一起，名叫"雁冢"。

唉！小小的禽鸟，尚且如此不忘它的配偶，这就使人更加增添夫妻情义的分量！

原文：

鸬鹚[1]，处处水乡有之。似鹢[2]而小，色黑，亦如鸦，而长喙[3]微曲，善没水取鱼。日集洲渚，夜巢林木，久则粪毒多令木枯也。南方渔舟往往縻畜[4]数十，令其捕鱼。杜甫诗："家家养乌鬼，顿顿食黄鱼。"或谓即此。

简注：

本篇选自李时珍《本草纲目》。

1. 鸬鹚：一种善捕鱼的水鸟，又称鱼鹰、墨鸦、乌鬼。羽毛黑色而带有紫色金属光泽，上嘴尖端有钩，善于潜水捕鱼，颔下有喉囊，捕到鱼就放在囊内。南方渔民常饲养来帮助捕鱼。2. 鹢（yì）：也作"鹢"，善高飞，像鸬鹚而色白，有人误以为白鸬鹚。古人喜在船头画鹢鸟，大约是取其能高飞远行之意。3. 长喙（huì）：长嘴。4. 縻畜：系住饲养。

今译：

鸬鹚，各处水乡都有。像鹢鸟，但较小，黑颜色。也像乌鸦，而长嘴微微弯曲，善于潜水捕鱼。白天聚集在洲渚之上，夜晚歇宿在林木之中，时间长了，粪毒常使林木枯萎。在南方的渔舟上，常常拴养着几十只鸬鹚，让它们帮助捕鱼。杜甫诗云："家家养乌鬼，顿顿食黄鱼。"也许讲的就是这个。

···

原文：

8

鸩

范成大[1]曰：鸩，闻邕州[2]朝天铺及山深处有之，形如鸦差大，黑身，赤目，音如羯鼓[3]。唯食毒蛇，遇蛇则鸣声邦邦然。蛇入石穴，则于穴外禹步[4]作法，有顷，石碎，啄蛇吞之。山有鸩，草木不生。秋冬之间脱羽，往时人以银作爪拾取，著银瓶中，否则手烂堕。鸩矢[5]著人立死，集于石，石亦裂。此禽至凶极毒。所谓酖，即鸩酒也。

陆佃[6]《埤雅》[7]曰：鸩，似鹰而紫黑，喙长七八寸，作铜色。食蛇，蛇入口辄烂。屎溺着石，石亦为之烂。羽翮有毒，以栎酒[8]，饮杀人。惟犀角[9]可以解，故有鸩处必有犀。

简注：

本篇选自胡三省《资治通鉴·汉纪·惠帝二年注》。

1. 范成大：南宋诗人，吴郡（今苏州）人，绍兴年间进士，历任处州、静江知府，四川制置使，参知政事等职，有《石湖诗集》。2. 邕（yōng）州：州、路名，治所在宣化（今广西南宁市南）。唐时为岭南西道节度使治所。3. 羯鼓：古代从羯族传入的一种鼓，两面蒙皮，腰部细。4. 禹步：

传说夏禹治水，得了足疾，走路颠簸，后来道士作法，仿效这种步伐，故称禹步。5.鸩矢：鸩粪。矢通屎。6.陆佃：宋山阴（今绍兴）人，陆游的祖父。曾受经于王安石，因不附新法，不被重用。陆佃长于礼家名教之学，著有《埤雅》《礼象》《陶山集》等。7.《埤（pí）雅》：陆佃所著训诂书，埤，增益，取增广《尔雅》之意。分《释鱼》《释兽》《释鸟》等八类。解释名物的名义，探求其得名的由来。8.栎酒：沥酒，滤酒。9.犀角：犀牛的角。犀牛形状略像牛，颈短，四肢粗壮，鼻子上有一个或两个角，皮肤粗厚，微黑，毛稀少。

今译：

范成大说：鸩这种鸟，听说邕州朝天铺以及山林深处就有，外形像乌鸦，大小也差不多。黑身体，红眼睛，声音像羯鼓。只吃毒蛇，遇见蛇就会发出"邦邦"的鸣叫声。蛇躲入石头洞里，鸩就在洞外禹步作法，过一会儿，石头就碎裂，鸩就啄死蛇然后吞下。山上如果有鸩，草木便不会生长。鸩在秋冬之交脱换羽毛。过去人们用银子做成爪形工具来拾取羽毛，放在银瓶中，不这样的话，手会腐烂脱落。鸩粪碰到人，人立即就死，鸩粪聚集在石头上，石头也会破裂。这种鸟十分凶猛，毒性极大。所谓毒酒"酖"，就是用鸩的羽毛浸泡成的酒。

陆佃《埤雅》说：鸩这种鸟，像鹰，紫黑色，嘴长七八寸，呈铜色。

吃蛇，蛇入口就烂。它的屎尿碰到石头，石头也因之而碎烂。羽毛有毒，用它滤酒，喝下就死。唯有犀角可以解鸩毒。因而有鸩的地方必定有犀牛。

原文：

⑨ 孔雀

罗州[1]山中多孔雀，群飞者数十为偶[2]。雌者尾短，无金翠。雄者生三年有小尾，五年成大尾。始春而生，三四月后复凋，与花萼相荣衰。然自喜其尾而甚妒。凡欲山栖，必先择有置尾之地，然后止焉。南人生捕者，候甚雨，往擒之。尾沾而重，不能高翔。人虽至，且爱其尾，恐人所伤，不复骞翔[3]也。虽驯养颇久，见美妇人好衣裳与童子丝服者，必逐而啄之。芳时媚景，闻管弦笙歌，必舒张翅尾，盼睐而舞，若有意[4]焉。

山谷夷民烹而食之，味如鹅，解百毒，人食其肉，饮药不能愈病。其血与其首，解大毒。南人得其卵，使鸡伏[5]之即成。其脚稍屈，其鸣若曰都护[6]。土人取其尾者，持刀于丛篁[7]可隐之处自蔽，伺过，急断其尾。若不急断，回首一顾，金翠无复光彩。

简注：

本篇选自《太平广记·纪闻》。

1. 罗州：唐时属岭南道，在今广东省化州市、廉江市一带。2. 为偶：为伍，为伴。偶，同辈，同类。3. 骞（qiān）翔：高飞。4. 有意：有好情绪。5. 伏（fú）：孵卵。6. 都护：官名。7. 篁：竹林，泛指竹子。

今译：

　　罗州山中盛产孔雀，群飞时一伙有数十只。雌孔雀短尾巴，羽毛上没有金翠色彩。雄孔雀三岁生出小尾，五岁长成大尾。春天开始时尾毛生长，三四个月后又凋落，与花萼同时繁荣和衰败。然而孔雀很爱惜自己的尾巴，而且很爱妒忌。凡是要在山上栖息的时候，一定要先选择好有放置尾巴的地方，然后才停歇在那里。南方人捕捉孔雀，要等待下大雨的时候，才前往擒捕。孔雀尾巴被雨淋湿就很沉重，不能高飞，人虽然到了它的面前，但它爱惜自己的尾巴，害怕被人损伤，因而不再飞翔。虽然驯养很久，但见到漂亮妇女穿着美丽的衣服，见到孩子穿着丝绸服装，一定要追逐而且要啄咬。在春光明媚的季节，听到音乐之声，必定要舒张翅膀和尾巴，左顾右盼地舞蹈，好像有良好情绪。

　　山谷里山民把孔雀煮熟后食用，味道像鹅肉，可以解百毒，人吃了孔雀肉，药物就失去作用，吃药也不能治愈疾病。孔雀的血和头，能解大毒。南方人得到孔雀蛋，让鸡孵化就行了。孔雀的脚稍微有些弯曲，它的鸣声好像在叫"都护"。当地山民要截取孔雀的尾巴，就拿着刀隐藏在竹林中，等它经过时，迅速砍断它的尾巴。如果不立即砍断，只要它回头一看，羽毛上的金翠就不再有光彩。

⑩

斗鸡

原文：

　　芥肩金距¹之技，见于传²，而未之睹也。余还自西广³，道番禺⁴，乃得见之。番禺人酷好斗鸡，诸番人⁵尤甚。鸡之产番禺者，特骛劲善斗。其人饲养，亦甚有法。斗打之际，各有术数⁶，注⁷以黄金。观如堵墙也。

凡鸡，毛欲疏而短，头欲坚而小，足欲直而大，身欲疏而长，目欲深而皮厚，徐步眈视，毅不妄动，望之如木鸡[8]。如此者，每斗必胜。

人之养鸡也，结草为墩使立其上，则足常定而不倾；置米高于其头，使耸膺高啄，则头常竖而嘴利；割截冠绥[9]，使敌鸡无所施其嘴；剪刷尾羽，使临斗易以盘旋；常以翎毛搅入鸡喉，以去其涎而掏米饲之；或以水噀[10]两腋。调饲一一有法。至其斗也，必令死斗。胜负一分，死生即异，盖斗负则丧气，终身不复能斗，即为鼎实[11]矣。然常胜之鸡，亦必早衰，以其每斗屡濒死也。

斗鸡之法，约为三间[12]。始斗少顷，此鸡失利，其主抱鸡少休，去涎饮水，以养其气，是为一间。再斗而彼鸡失利，彼主亦抱鸡少休如前，养气而复斗，又为一间。最后一间，两主皆不得与，二鸡之胜负生死决矣。鸡始斗，奋击用距，少倦则盘旋相啄。一啄得所，嘴牢不舍，副之以距。能多如是者必胜，其主见，喜见于色。

番人之斗鸡，乃尤甚焉。所谓芥肩金距，真用之。其芥肩也，末[13]芥子糁[14]于鸡之肩腋。两鸡半斗而倦，盘旋伺便，互刺头腋下，翻身相啄，以有芥子能眯敌鸡之目，故用以取胜。其金距也，薄刃如爪，凿柄[15]于鸡距，奋击之始，一挥距或至断头。盖金距取胜于其始，芥肩取胜于其终。

季孙于此，能无怒耶[16]？小人好胜，为此凶毒，使微物不得生，自三代[17]已然。

简注：

本篇选自周去非《岭外代答》。周去非是南宋人，所著《岭南代答》，记

录南宋时岭南的一些风俗趣闻。斗鸡之游戏，古已有之，唐代尤盛，王公贵族也热衷此事。《旧唐书·王勃传》说："诸王斗鸡，互有胜负。"王勃曾帮助沛王李贤写了一篇《檄英王鸡文》，唐高宗读后很生气，认为王勃在挑拨诸王关系，当即逐出王府。唐玄宗李隆基也是斗鸡迷，有个小孩子叫贾昌，善于斗鸡，得到唐玄宗的特殊恩宠。唐代有一首《神鸡童谣》曾讽刺说："生儿不用识文字，斗鸡走马胜读书。贾家小儿年十三，富贵荣华代不如。能令金距期胜负，白罗绣衫随软舆。父死长安千里外，差夫治道挽丧车。"这反映了封建统治者的荒淫生活和腐败政治。

1. 芥肩金距：把芥菜子研磨成粉粒，其味辛辣，涂抹在斗鸡的肩腋下；把金属薄刃安装在斗鸡的爪距上。2. 传（zhuàn）：古代叙述人物故事的著作。3. 西广：即广西。古时广南路，后分为广南东路和广南西路。广南东路简称广东，治所在广州；广南西路简称广西，治所在桂林。4. 番禺：广东地名，在广州东南方。5. 番人：古时称外国人或外族人为番人。6. 术数：策略，方法，技巧。7. 注：赌注，赌博时所押下的钱。这里"注"作"赌""下注"解，当动词用。8. 木鸡：精神凝寂似木雕的鸡，这是修炼的极高境界。《庄子·达生篇》："望之似木鸡矣，其德全矣。异鸡无敢应者，反走矣。"9. 冠绥（ruí）：冠，帽子，这里指鸡冠。绥，系在下巴下的冠带

的下垂部分，这里指鸡嘴下的肉髯。10. 噀（xùn）：含在口中而喷出。11. 鼎实：锅中之物。12. 三间：三节时间。13. 末：涂抹。14. 糁（shēn）：谷物磨成的粉粒。15. 凿（zuò，又音 záo）枘（ruì）：凿为卯眼，枘为榫头。比喻投合。这里是安装、套

置之意。16. 季孙于此，能无怒耶：语出《左传·昭公二十五年》："季（平子）郈（昭伯）之斗鸡，季氏芥其鸡，郈氏为之金距。平子怒。"季孙氏是鲁桓公少子季友的后裔，是长期掌握鲁国政权的贵族世家。这里"季孙"特指季平子。17. 三代：指夏商周三代。

今译：

斗鸡时，把芥菜子粉粒涂抹在鸡的肩腋下，把金属薄刃安装在鸡的爪距上，这种技术，古书上有记载，但没有亲眼见过。我从广西回来，路过广东番禺，才见到这个。番禺人十分爱好斗鸡，一些番人尤其嗜好。番禺出产的鸡，特别凶猛强劲，善于战斗。那些人饲养鸡，也很有办法。打斗的时候，各有各的技巧和策略，常以黄金作赌注，围观的人如厚厚的墙壁。

凡是斗鸡，毛要稀而短，头要坚而小，脚要直而大，身体要粗而长，眼睛要深藏而且眼皮要厚实，步子徐缓而目光专注，神情刚毅而不妄动，看上去像是木鸡。这样的斗鸡，每斗必胜。

人们养鸡，结草为墩，让鸡站立在上面，那么脚就一直立定而不倾倒；把米放在高于鸡头的地方，让它挺胸向高啄食，那么鸡头就经常高竖而且鸡嘴锐利；割去鸡冠和鸡嘴下的肉髯，使敌鸡的嘴没有地方可咬；剪刷尾部的羽毛，使它搏斗的时候容易盘旋；常用翎毛探搅鸡喉，以便去掉涎液然后掏米喂它；有时要口中含水喷洒鸡的两腋。调理饲养的每一步都有法度。到斗的时候，必定叫它拼死战斗。胜负一分晓，死生即有别。因为斗败就丧气，终身不能再斗，只能成为锅中的食物了。然而常胜的鸡，也必定早衰，因为它每次战斗都屡屡临近死亡。

斗鸡的方法，大致分为三个阶段：开始斗一忽儿，这方的鸡失利，它的主人就抱着它稍微休息一下，去掉涎液给它饮水，来调养它的气力，这是第一阶段。再次战斗，那方鸡失利，鸡主人也抱着鸡稍微休息一下，如同前面一样，调养好气力准备再斗，这是第二阶段。最后的一个阶段，双方主人都不能干预，两鸡的胜败生死就决定于这次了。鸡开始搏斗，用爪距奋力出击，有些疲倦时就盘旋相啄，如果啄到对方合适的地方，就咬牢不放，并用爪距帮忙配合。能多次如此者必定胜利，它的主人见到这种情况，就会喜形于色。

番人斗鸡，尤其厉害。所谓"芥肩金距"，真的用上了。所谓"芥肩"，就是把芥子粉粒涂抹在鸡的肩腋下。两鸡搏斗中途疲倦时，盘旋寻找机会，互相把头伸进对方的腋下，然后翻身相啄，因芥子粉辛辣能眯敌鸡的眼睛，所以用此可以取胜。所谓"金距"，就是用一种像鸡爪的薄刀片，装置在鸡距上，开始奋力搏击的时候，一挥距，甚至可以把敌鸡的头割下来。大约用金距可以在开始时取胜，用芥肩可以在结束时取胜。春秋时期的季平子看到金距如此残忍，能不发怒吗？小人为了取胜，干这种凶狠毒辣的事，使小动物不能安生，从遥远的三代开始就已经如此了。

怒睛鸡

原文：

嵩山[1]之阳，春日启蛰[2]之后，居民尝夜见少室[3]之巅，红光两道，一长六七尺，一长四五尺，蜿蜒夭矫[4]，若火龙然，鸡鸣遂隐，经秋即不得见，莫测其故。

初，山下有农家畜一雄鸡，气象赳赳，重可十斤，所种之卵无不觳[5]者，主人宝之，呼曰"老雄"，十余年不肯杀。岁又值乳鸡之时，忽数十卵仅毈[6]一雄，其余尽殰[7]，主人懊怨，以为不祥。

一日，有番贾来，注视老雄与新雏，问主人肯市否。主人正虑老雄年久无用，姑漫应之曰："客若肯出重价，那得不市？"客问："此两雏索价几何？"曰："五百足矣。"客喜曰："诺。"主人初固索五百钱，见客遽喜诺，戏反齿绐[8]之曰："我所言固五百银，非钱也。"客沉思久之，曰："果尔，五百银亦所不吝，毋再翻悔！"主人大喜过望，答曰："君如数将银来，誓不翻悔。"

客喜，翌日[9]，果携银五百来付主人。主人乃笼两鸡付之，笑拉客袂[10]问曰："我初固戏君耳，不谓[11]果肯如数。敢问需此何为？"客笑曰："君既见问，不敢不告。君不见少室之巅红光两道乎？"曰："然。"曰："此蜈蚣精也。一父一子。再百年后，少者长成，一方禽兽，蚕食无遗，且不免灾及小儿，实为大患，雷且难治。今少者尚稚老者势孤，尚不敢公然肆虐，惟此两鸡足以制之。老雄固无足虑，惟新雏初毈，当饲以珍物，庶可速丰其毛羽，壮其筋力。矧[12]闻数十卵仅得此雏，可知精气独钟，无怪其余尽殰也。计明年此时，新雏当亦可为老雄之助，制两妖不难矣。"曰："此两鸡与他鸡何异？"曰："凡鸡皆睫皮上掩，此则相反，名曰怒睛，是凤种也。"

别去岁星一周，客果携两鸡来访主人。其雏已长成，居然与老雄相等。客即下榻主人之家。他日，又见少室红光两道，客喜呼主人曰："妖物又出矣！"越日薄暮，客携鸡独往。主人欲同往观之，客止之曰："君不能胜妖气，中毒可虑。"客去，主人留心遥察。

二更后，见少室之巅红光复灼，犹之掣电两股，以闪以烁[13]：或东或西，

或南或朔；或抑或扬，或分或合；或屈诎如环，或直伸如索；或回旋如鹰盘，或奋激如鱼跃；或少卷而骤舒，或将前而顿却。燿燿[14]焉，爚爚[15]焉。忽诧五尺孛[16]芒疾驰斜掠，半明半灭，陡万丈而一落。主人色骇心喜，知小妖已告歼。尚有红光一道，忽高之忽低之，忽即之忽离之，气渐披靡[17]，知其亦无能为。果不炊黍时[18]，宛然败叶漾空，惨为狂飙之所摧，飘荡萧飒，站站然[19]而下坠荒畦，红光悉绝。

东方欲白，主人知两妖并除，姑烹茶以待客。俄焉，见客左手笼鸡，右手以树条贯拽两妖而至。主人迎而贺曰："知大功告成，喜为君贺！"客叹曰："两妖虽除，惜两鸡皆受重伤，奈何！"主人视小鸡竟体[20]毛羽脱落殆尽，仅存一息；老雄亦毛羽褵褷[21]，精神沮丧。又视其蜈蚣，大者长约六尺，左钳已脱，足尚有一二蠕蠕动者；小者长五尺许，双钳并去，足已夷其大半，僵如枯木矣。主人问："此尚有用否？"曰："红光外烛[22]，珠当不少。即两躯壳以制刀剑鞘，亦值千金也。"乃以两鸡授主人，属[23]善视之，且谓："出力过甚，小鸡不过十日，老鸡不过半年，皆当羽化[24]。有功于人，尚其瘗之。其身受重毒，切不可食，慎之！慎之！"

越日，客辞主人，又以二百金相谢，以木匣盛二妖，负之而去。后两鸡果如期先后俱毙，主人谨遵客所属，并瘗之。

简注：

本篇选自许奉恩《里乘》。

1. 嵩山：五岳之一，为中岳，在河南登封市北。2. 启蛰：即惊蛰，为二十四节气之一，在雨水后，春分前。3. 少室：嵩山东为太室，西为少室。

4. 夭矫：屈伸自如。5. 彀 (kòu)：待哺的雏鸟。这里作动词用，指孵化成功。6. 㲉 (què)：卵，卵已孵。7. 毈 (duàn)：卵败坏，孵不出雏鸟。8. 绐 (dài)：欺骗。9. 翌 (yì) 日：明天。10. 袂 (mèi)：袖口。11. 不谓：不意，不料。12. 矧 (shěn)：况且，何况。13. 以闪以烁：闪烁，闪闪烁烁。以，语助词，无义。14. 爡 (huò) 爡：光亮闪烁的样子。15. 爚 (yuè) 爚：光彩耀目的样子。16. 孛 (bèi)：彗星。17. 披靡：草木随风倒伏。这里指衰败。18. 炊黍时：烧一顿饭的时间。19. 站站然：僵立不动的样子。20. 竟体：通体，全身。21. 褵 (lí) 褷 (shī)：毛羽初生的样子。这里指稀疏。22. 外烛：照耀于外。23. 属 (zhǔ)：通"嘱"，托付，吩咐。24. 羽化：死亡的婉词。

今译：

在嵩山的南面，当春天惊蛰之后，居民曾在夜晚看到少室山的顶峰有两道红光，一道长六七尺，一道长四五尺，蜿蜒屈伸，犹如火龙，黎明时鸡一叫红光就隐没不见，一到秋天红光也不出现，无人能猜测出其中的缘故。

当初，山下有户农民畜养了一只雄鸡，气势威武，重量约十斤，它的种卵没有不孵化成鸡雏的，主人非常珍惜它，称它"老雄"，十多年了都不肯杀。今年又当孵化小鸡，忽然发现几十个鸡蛋仅仅孵化出一只小雄鸡，其余都是坏蛋，主人懊恼抱怨，认为是不祥之兆。

一天，有个外族商人来，注视老雄和小雄鸡，问主人是否肯出售。主人正担心老雄年久无用，姑且随便答应说："你如果肯出高价，怎会不买？"客人问："这两只鸡要价多少？"答："五百就够了。"客人高兴地说："可以。"主人本初是索要五百钱，见客人如此迅速又高兴地承诺，便想戏弄一下客人，改口欺骗客人说："我所说的是五百银，不是五百钱。"客人沉思很久，说："果真如此的话，五百银我也不吝惜，不要再反悔了！"主人大喜过望，回答说："你如数把银子拿来，我发誓不反悔。"

客人很高兴，第二天，果然带着五百银来交付给主人。主人就把两鸡放在笼中交付给客人，笑着拉拉客人袖子问道："我当初确实是戏弄你，想不到你真肯用如此高价买鸡。请问你需要此鸡做什么？"客人笑道："你既然问了，我不敢不说。你不是看到少室山的顶峰有两道红光吗？"答："看到了。"客人说："这是蜈蚣精。一父一子。再过百年后，小的长大，一方禽兽会被它们吞食精光，甚至难免殃及小儿，实在是个大灾祸，连雷电也难以惩治它们。现在小的还幼稚，老的势力孤单，还不敢公然肆虐，只需这两鸡就可以制伏它们。老雄当然不必担心，只是小鸡刚刚孵出，应当用珍贵的食物饲养，或许可以使它的羽毛迅速地丰满起来，使它的筋力迅速地强壮起来。况且听说几十个鸡蛋仅仅孵化出这一只小鸡，可知老雄的精气完全集聚在它身上，无怪其余的鸡蛋全都不能孵化。估计明年此时，小鸡应当也可成为老雄的助手，制伏两妖不难了。"主人问："这两鸡与别的鸡有何不同？"答："普通的鸡都是睫皮上掩，这两鸡则相反，名叫怒睛，是凤种。"

别后一年，客人果然带着两鸡来拜访主人。小鸡已经长大，居然同老雄相等。客人就住在主人家中。有一天，又看见少室山出现两道红光，客人呼唤主人说："妖物又出来了！"第二天傍晚，客人带着鸡独自前往。主人想同去观看，客人阻止说："你不能承受那妖气，中毒是可怕的。"客人去了，主人留心远远地观察。

　　二更以后，看见少室山的顶峰红光又闪耀，犹如两股闪电，闪烁不定：或东或西，或南或北；或抑或扬，或分或合；或弯曲如连环，或直伸如绳索；或回旋如鹰盘旋，或奋激如鱼跳跃；或略微卷曲又突然舒张，或行将前进又猛然退却。红光烁烁，光彩耀目。忽然惊现五尺长的彗星光芒疾驰斜掠，半明半灭，突然从万丈高空一下子坠落。主人脸色惊骇心头喜悦，知道小妖已宣告毙命。还有红光一道，忽而高忽而低，忽而靠近忽而远离，气势渐渐衰败，知道它已无能为力。果然不到烧一顿饭的工夫，那束红光宛如枯叶荡空，惨遭狂风摧残，飘荡萧瑟，僵硬不灵地坠落在荒野，红光完全绝灭。

　　天快亮时，主人知道两妖都已灭除，姑且烹茶以等待客人归来。不一会儿，看见客人左手提着笼中的鸡，右手用树枝条贯穿两妖一路拖着回来。主人上前迎接并庆贺说："知道大功告成，非常高兴地向你祝贺！"客人叹息说："两妖虽然清除了，可惜两鸡都受重伤，怎么办呀！"主人看小鸡浑身羽毛几乎脱落光了，仅存一口气；老雄也是羽毛稀疏，精神颓丧。又看看那蜈蚣，大的长约六尺，左钳已经脱落，还有一二只足在缓慢蠕动；小的长五尺多，双钳全都失去，足已削平大半，已经僵硬如枯木了。主人问："这蜈蚣还有用吗？"答："红光闪耀于外，体内珍珠必定不少。即使两条躯壳用来制作刀剑鞘，也价值千金。"说完就把两鸡交付给主人，嘱咐善待它们，并且说："由于出力太甚，小鸡不过十天，老鸡不过半年，都会归天。它们有功于人，希望好好埋葬它们。它们身受重毒，千万不能食用，切记！切记！"

　　过了一天，客人向主人告辞，又赠二百金表示谢意，用木匣装着二妖，

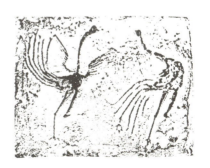

背着木匣离去。后来两鸡果如所料如期先后死去，主人谨遵客人的嘱咐，把它们埋葬在一起。

⑫

鸟语

原文：

中州[1]境有道士，募食[2]乡村。食已，闻鹖[3]鸣，因告主人使慎火。问故，答曰："鸟云：'大火难救，可怕！'"众笑之，竟不备。明日，果火，延烧数家，始惊其神。好事者追及之，称为仙。道士曰："我不过知鸟语耳，何仙也！"适有皂花雀[4]鸣树上，众问何语。曰："雀言：'初六养之，初六养之；十四、十六殇之。'想此家双生[5]矣。今日为初十，不出五六日，当俱死也。"询之，果生二子。无何，并死，其日悉符。

邑令闻其奇，招之，延为客[6]。时群鸭过，因问之。对曰："明公[7]内室，必相争也。鸭云：'罢罢！偏向他！偏向他！'"令大服，盖妻妾反唇[8]，令适被喧聒[9]而出也。因留居署中，优礼之。时辨鸟言，多奇中。

而道士朴野，肆言辄无所忌。令最贪，一切供用诸物，皆折为钱以入之。一日，方坐，群鸭复来，令又诘之。答曰："今日所言，不与前同，乃为明公会计[10]耳。"问："何计？"曰："彼云：'蜡烛一百八，银朱[11]一千八。'"令惭，疑其相讥。道士求去，令不许。

逾数日，宴客，忽闻杜宇[12]。客问之，答曰："鸟云：'丢官而去。'"众愕然失色。令大怒，立逐而出。未几，

令果以墨¹³败。

　　呜呼！此仙人儆戒之，而惜乎危厉熏心¹⁴者，不之悟也。

简注：

　　本篇选自蒲松龄《聊斋志异》。

　　1. 中州：指今河南省一带，因其地在古九州之中央而得名。2. 募食：求人施舍食物。3. 鸧：黄鸧，又名黄莺、仓庚。4. 皂花雀：毛色为黑底花斑的不知名的鸟。5. 双生：孪生。6. 延为客：邀请来作客。7. 明公：对权贵长官的尊称。8. 反唇：翻唇，表示不服气或鄙视。9. 喧聒：闹声刺耳。10. 会（kuài）计：管理财物及其出纳等事。11. 银朱：矿物名。粉末状，正赤色，用作颜料，入药。也作"银硃"。12. 杜宇：杜鹃鸟。13. 墨：贪污，不廉洁。14. 危厉熏心：语出《周易·艮·九三》"厉熏心"，《象传》以"危"释"厉"。这里意指：贪污的厉恶之气的熏烤，使人心志迷乱。

今译：

　　中州境内有个道士，在乡村里求食。吃完了，听见黄莺叫，便劝告主人小心火烛。问他什么缘故，回答说："鸟说：'大火难救，可怕！'"大家听了都嘲笑他，全然不加防备。第二天，果然发生火灾，火势蔓延，

烧毁了好几家，这才开始惊叹道士真神奇。有热心人追赶道士，称他为神仙。道士说："我不过知晓鸟语罢了，哪里是神仙！"正巧有皂花雀在树上叫，大家问鸟说什么。道士说："雀儿说：'初六生养，初六生养；十四、十六夭亡。'我猜想这家生了双胞胎吧。今天是初十，不出五六天，都会死掉。"打听一下，这家果然生了双胞胎。没几天，都死了，日期与道士说的完全相符。

县令听到这奇事，就把道士招来，请他作客。当时有鸭群鸣叫着经过，县令以此问道士，道士说："老爷的家眷必定在吵架哩。鸭子说：'罢，罢！偏向他！偏向他！'"县令非常佩服，因为妻妾不和争吵不休，县令刚刚就是忍受不了吵闹才跑出来的。于是就挽留道士居住在官署中，十分优待他。道士时常辨听鸟语，大多奇妙地说中了。

然而道士质朴疏野，直言无忌。县令极其贪财，一切供应官署的公物，他都变卖成钱中饱私囊。有一天，正坐着，那群鸭子鸣叫着又来了，县令又问道士鸭子说什么。道士回答说："今天说的，与先前不同，是为老爷计算哩。"问："计算什么？"答："它们说：'蜡烛一百八，银朱一千八。'"县令感到一阵羞愧，猜疑道士在讥讽自己。道士请求离去，县令不许。

过了几天，县令宴请宾客，忽然听到杜鹃啼叫。客人问道士叫声何意，道士答道："鸟说：'丢官而去！'"众宾客惊讶得变了脸色。县令大怒，立即把道士驱逐出去。不久，县令果然因贪污免职。

啊！这是仙人在警诫他呀，然而可惜他利欲熏心，执迷不悟。

水族

水族故事

山海异闻
——古书里走出来的动物们

原文：

巨龟

唐有贾客¹维舟²汴河³上，获一巨龟。于灶火中煨之。是夕⁴，忘出之。明日取视，壳已焦矣。拂拭去灰，置于食床⁵上，欲食。良久，伸颈足动，徐行床上，其生如常。众共异之。投于水中，游泳而去。

简注：

本篇选自《太平广记·录异记》。

1.贾（gǔ）客：外出做生意的商人。2.维舟：系舟于岸，停泊于码头。3.汴河：古称古运河的通济渠为汴河。4.是夕：这天晚上。5.食床：低矮的饭桌。古人席地而坐，饭桌低矮似床。

今译：

唐代有个商人停泊在汴河上，捕获到一只大乌龟。放在灶火中烤熟它。这天晚上，忘记把它取出来。明天拿出来一看，龟壳已经烧焦了。把外壳上的灰烬揩拭干净，放在饭桌上，准备食用。过了好一会儿，乌龟竟然把头伸出来，四脚也活动起来，在饭桌上慢慢爬行，它活生生地如同平时。大家都认为这龟太奇特了。把它投进水中，它就游泳而去。

原文：

唐蜀民，有于江之上获巨鳖[1]者，大于常，长尺余，其裙[2]朱色。煮之经宿，游戏自若。又加火一日，水涸[3]而鳖不死。举家[4]惊惧，以为龙也。投于江中，浮泛[5]而去，不复见矣。

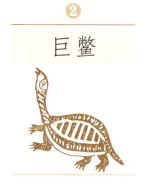

②

巨鳖

简注：

本篇选自《太平广记·录异记》。

1. 鳖：生活在淡水中的爬行动物，形状像龟，背甲上有软皮，一般呈橄榄色，外沿有肉质软边，腹部乳白色。也称甲鱼、团鱼。又俗称王八。2. 裙：指鳖裙，即鳖背甲四周的肉质软边。3. 涸（hé）：干枯。4. 举家：全家。5. 浮泛：在水面上漂游。

今译：

唐代蜀地有个人，在江中捕捉到一只大鳖，比常见的要大，长一尺多，鳖裙是红色的。经过一夜烹煮，仍然游戏自如。又加火烧了一天，水都烧干了，而鳖鱼却不死。全家人都惊慌恐惧，以为这鳖是神龙。于是把它放入江中，便浮游而去，再也见不到了。

原文：

③

鳌目若日

　　唐裴胄，开元[1]七年，都督广州。仲秋[2]，夜漏[3]未艾[4]，忽然天晓，星月皆没，而禽鸟飞鸣矣。举郡惊异之，未能谕，然已昼矣。裴公于是衣冠而出，军州将吏则已集门矣。遽召参佐泊[5]宾客至，则皆异之。但谓众惑，固非中夜而晓。即询挈壶氏[6]，乃曰："常夜三更尚未也。"裴公罔测其倪[7]，因留宾客于厅事共须[8]日之升。良久，天色昏暗，夜景如初。官吏则执烛归矣。诘旦[9]，裴公大集军府，询访其说，而无能辨者。裴因命使四访，阖界皆然。即令北访湘岭。湘岭之北，则无斯事。

　　数月之后，有商舶自远南至，因谓郡人云："我八月十一夜，舟行，忽遇巨鳌[10]出海，举首北向，而双目若日，照耀千里，毫末皆见，久之复没，夜色依然。征[11]其时，则裴公集宾寮之夕也。

简注：

　　本篇选自《太平广记·集异记》。

　　1. 开元：唐玄宗李隆基的年号。开元七年是公元719年。2. 仲秋：秋季的中间的月份，即农历八月。3. 夜漏：夜间的时刻。古时以铜壶滴漏计时，故称。4. 艾：止，尽。5. 泊（jì）：及。6. 挈（qiè）壶氏：掌管漏刻的人。漏刻又叫漏壶，是古代计时器具，用铜制成，分播水壶、受水壶两部分。播水壶有小孔，可以滴水，最后流入受水壶。受水壶里有立箭，箭上划分一百刻，随着蓄水的上升，显露出刻数，用以表

示时间。7. 罔测其倪：不能知道它的端倪。端倪，事情的头绪或眉目。8. 共须：共同等待。9. 诘旦：明晨。10. 鳌：传说中的海里大龟，一说大鳖。鳌，威力巨大，刘禹锡诗云："鳌惊震海风雷起，蜃斗嘘天楼阁成。"《楚辞·天问》《列子·汤问》中都曾说，在渤海之东，无底深壑中有五座大山，互不相连，随波漂流，天帝命令十五只大鳌，轮流举首顶戴大山，从此五山岿然不动。又《淮南子·览冥训》说："往古之时，四极废，九州裂，天不兼覆，地不周载，……于是女娲炼五色石以补苍天，断鳌足以立四极。"在美丽的神话中，鳌有无穷的威力。11. 征：验证。

今译：

　　唐代裴胄，在唐玄宗开元七年时，任广州都督。农历八月的一天半夜，忽然天亮了，星星和月亮全都隐没，百鸟飞鸣起来。全郡的人被这景象惊呆了，还没有弄明白是怎么一回事，然而已经是白天了。裴公于是穿戴整齐出门，文武官员已经集中在衙门里了。迅速召集部下及幕宾来议事，大家都认为此事怪异。担心众人会惶惑不安，但这肯定不是半夜天明。立即询问掌管漏刻的人，回答说："平常夜里此时还不到三更。"裴公不能测探此事的眉目，就留幕宾坐在办公厅里，共同等待旭日东升。过了好一会儿，天色又昏暗下来，夜景恢复如初。官员们执着蜡烛回家去了。第二天早晨，裴公在衙署广泛召集各级官员，查询此事，没有一个人能说清楚。裴胄就派遣人员四出查访，各处都是这样。又派人往北访问湘岭。湘江五岭地区以北，没有这种事情。

　　几个月以后，有商船从遥远的南方来到广州，船员对广州人说："我们八月十一日夜间，船正在行驶，忽然遇到一只大鳌浮出海面，抬头向北，两只眼睛如同太阳，照耀千里，毫毛的末梢都清晰可见，过了很久又沉入海中，夜色依然如故。"验证当时那个时间，正是裴公召集幕宾僚属的那天晚上。

原文：

④ 乌贼鱼

乌贼，旧说名河伯[1]从事[2]。小者遇大鱼，辄放墨方数尺以混[3]身。江东[4]人或取其墨书契[5]，以脱[6]人财物，书迹如淡墨，逾年字消，唯空纸耳。

简注：

本篇选自《太平广记·酉阳杂俎》。

1. 河伯：河神。2. 从事：僚属。3. 混：夹杂，混淆。4. 江东：江南。5. 书契：书写契约文件。6. 脱：夺。

今译：

乌贼，过去称呼其"河伯从事"。小乌贼遇到大鱼侵害，马上就放出几尺见方的墨汁来荫庇身体。江南人中有人用乌贼鱼的墨汁书写契约，来夺取人家的钱财，文字痕迹如淡墨，过一年字迹就消失了，唯有一张白纸而已。

原文：

井鱼[1]脑有穴，每噏水[2]，辄于脑穴蹙[3]出，如飞泉，散落海中，舟人竞以空器贮之。海水咸苦，经鱼脑穴出，反淡如泉水焉。成式[4]见梵僧[5]善提胜说。

简注：

本篇选自《太平广记·酉阳杂俎》。

1.井鱼：即鲸鱼。鲸鱼，生活在海洋中的哺乳动物，外形像鱼，体长可达三十米，是现今世界上最大的动物。胎生，性情温和。用肺呼吸，鼻孔在头顶。鲸鱼的脑穴，实际上就是鲸鱼呼吸的鼻孔。鲸鱼鼻孔有淡化海水的特异功能。2.噏水："噏"疑为"噏"之误。噏水即吸水。3.蹙（cù）：紧迫，急促。4.成式：段成式，唐代临淄人，官至太常少卿，博闻强记，深通佛经，所著《酉阳杂俎》，是唐人笔记中的著名作品。5.梵僧：印度和尚。

今译：

井鱼头脑上面有一洞穴，每次吸了水后，就从脑穴中急促地喷射出来，犹如一道飞泉，散落到海中，船民争先恐后地用容器接纳贮存。海水又咸又苦，经过井鱼脑穴喷出，反而清淡如泉水了。这是我听印度和尚善提胜说的。

原文：

大鱼

沈君祖炜言：昔有航海者，帆风而行。正极顺适，忽闻其后声如怒雷。回顾见波涛汹涌，一大鱼尾舟[1]而来。张其口，嵥岈[2]若巨壑，皓齿排列若霜戈雪戟，一噏一辟[3]，海水从之出入，洪流混漾[4]，涛作风兴。舟人大恐，而鱼行益近。时舟中有猪百头，羊半之，米面称是[5]。乃谋以此等物稍稍[6]掷与之，冀其得食则止。始而猪羊，继而米面，随投随食，在鱼不过一哆口[7]而已，不费咀嚼，须臾诸物皆尽，无物可投。鱼意虽未餍[8]，而其腹亦似果然，缩鳞卷鬣，悠然而逝，舟中人乃相庆若更生云。此所谓吞舟之鱼，在海中固有之，不足为异也。

简注：

本篇选自俞樾《右台仙馆笔记》。

1.尾舟：像尾巴一样追随着船。2.嵥(hán)岈(xiā)：山深邃的样子。

3.一噏一辟：一闭一张。4.混漾：水流动荡的样子。

5.称是：与此相当。称音chèn，读去声，意为符合、相当。是，意为这、此。6.稍稍：渐渐，逐渐。

7.哆(chǐ)口：张口。8.餍：吃饱，满足。

今译：

沈祖炜先生说：从前有航海的人，挂帆顺风而行。正在极为顺利前进的时候，忽然听见船的后方有如雷的怒吼声。回头一看，只见波浪汹涌，

一条大鱼尾随着船追赶过来。它张开嘴巴，深邃得像巨大的山谷，白齿像霜戈雪戟整齐排列着，一闭一张，海水从中出入，立即洪流翻滚动荡，涛起风兴。船民十分害怕，而大鱼游得越来越近。当时船中有猪一百头，羊五十只，米面的数量也与此相当，有一百多袋。就计划用这些食物逐渐抛掷给它，希望它得到食物就停止追赶。开始抛猪羊，继而抛米面，随抛随吃，对于大鱼来说不过一张口而已，根本不用咀嚼，不一会儿各种食物都完了，没有东西可以抛了。大鱼心意虽然还未满足，然而它的肚子也已圆滚滚了，于是缩鳞卷鬣，悠闲舒坦地消逝了，船上的人便互相庆贺死里逃生。这就是所谓"吞舟之鱼"，在海洋中本来就有，不足为奇。

原文：

水獭

唐元和¹末，均州郧乡县²有百姓，年七十，养獭³十余头，捕鱼为业，隔日一放。将放时，先闭于深沟斗门内，令饥，然后放之。无网罟⁴之劳，而获利甚厚。令人抵掌⁵呼之，群獭皆至，缘衿藉膝⁶，驯若守狗。户部⁷郎中⁸李福亲见之。

简注：

本篇选自《太平广记·酉阳杂俎》。

1. 元和：唐宪宗李纯的年号，时为公元806—820年。2. 均州郧乡县：在今湖北省十堰市郧阳区。3. 獭（tǎ）：通常指水獭，还有旱獭、山獭等。水獭善捕鱼，常将所捕之鱼陈列于水边，犹如祭祀，称为獭祭或獭祭鱼。

后因称罗列典故堆砌成文为獭祭鱼或獭祭。4.罟(gǔ)：用网捕鱼。5.抵掌：击掌，鼓掌。6.缘衿藉膝：沿着系衣裳的带子，爬到主人的膝盖上坐下。7.户部：官署名，掌管全国土地、户籍、赋税、财政等事务。8.郎中：官职名，隋唐以后各部皆置郎中，分掌各司事务。

今译：

唐宪宗元和年间的末期，均州郧乡县有个百姓，年已七十，养了十几头水獭，以捕鱼为业，隔一天放一次水獭。将要放时，先把它们关在深沟的小门内，使之饥饿，然后再放出去。这个老渔民没有用网捕鱼的劳苦，而获利却很丰厚。叫人击掌呼唤，一群水獭都来了，水獭顺着系衣裳的带子，爬到主人的膝上坐下，温顺得像看门狗。户部郎中李福曾经亲眼见到此事。

原文：

❽

白獭

魏明帝¹游洛水²，水中有白獭³数头，美净可怜⁴，见人辄去。帝欲取之，终不可得。侍中⁵徐景山奏云："臣闻獭嗜鲻鱼⁶，乃不避死，可以此诳⁷之。"乃画板做两鲻鱼，悬置岸上。于是群獭竞逐，一时⁸执得，帝甚嘉之。

简注：

本篇选自《太平广记·续齐谐记》。

1.魏明帝：曹叡，魏文帝曹丕之子。2.洛水：今河南洛河。3.白獭：水獭的一种，其皮毛极珍贵。4.可怜：可爱。5.侍中：官名，侍从皇帝左右，出入宫廷，地位显贵。6.鲻鱼：鱼名，体长，头部平扁，背部黑绿色，有暗色纵纹，腹部白色，大者二尺，小者数寸。《本草纲目·鳞部三》云："鲻鱼缁黑，故名。粤人讹为子鱼。"7.诳（kuáng）：瞒哄，欺骗。8.一时：即时，立刻。

今译：

　　魏明帝游览洛水，水中有几头白獭，美丽洁净十分可爱，它们见人就离去。魏明帝想得到白獭，始终不能获得。侍中徐景山禀告说："臣听说水獭嗜好鲻鱼，见了就不要命了，可以用鲻鱼来诱骗它们。"就在木板上画了两条鲻鱼，悬挂在岸边。于是白獭们争先恐后地跑上岸来，立刻就被捕获，魏明帝大大嘉奖了徐景山。

后　记

　　退休后有时间看看闲书，古书中的一些动物小品，引起我的兴趣。我从《太平广记》《阅微草堂笔记》《聊斋志异》等17部书中精选了112篇小故事，编为一册，名为《山海异闻——古书里走出来的动物们》。每篇故事，分为原文、简注、今译三部分。入选的标准是：故事生动有趣，思想健康积极，语言优美精练，篇幅简短紧凑。

　　故事的内容，有科学常识，也有民间传说；有现实生活，也有虚幻世界。书中虎、狐、蛇三类的故事较多，大约是它们的隐蔽性和神秘性引发了人们的好奇心和想象力。犬、马、牛的故事也较多，因为它们与人类有亲密接触，是人类的忠实朋友，所以也使人们津津乐道。

　　诸书入选的篇数大体如下：

　　北宋李昉等辑《太平广记》入选40篇

　　清代纪昀《阅微草堂笔记》入选30篇

　　清代蒲松龄《聊斋志异》入选13篇

　　明代李时珍《本草纲目》入选5篇

　　清代徐昆《柳崖外编》入选4篇

　　清代乐钧《耳食录》入选4篇

　　清代俞樾《右台仙馆笔记》入选3篇

　　南宋周去非《岭外代答》入选2篇

　　清代沈起凤《谐铎》入选2篇

清代许奉恩《里乘》入选 2 篇

北宋苏轼《东坡志林》入选 1 篇

南宋周密《癸辛杂识》入选 1 篇

元代胡三省《资治通鉴·注》入选 1 篇

清代袁枚《续子不语》入选 1 篇

清代宣鼎《夜雨秋灯录》入选 1 篇

清代李庆辰《醉茶志怪》入选 1 篇

清代丁治棠《仕隐斋涉笔》入选 1 篇

有些篇目的标题是我加的，如选自《阅微草堂笔记》的诸篇，原无标题，只好自加标题。有些篇目原标题不太合适，作了改动，如《快犬黄耳》，在《太平广记》中原名《陆机》；《孔雀》，在《太平广记》中原名《罗州》；《猿翁谢医》，在《柳崖外编》中原名《吴先生》。

有些动物故事很有名，但本书未选，因为它们已收进常见的教材或选本，例如干宝《搜神记》中的《李寄斩蛇》，柳宗元的《三戒》（《临江之麋》《黔之驴》《永某氏之鼠》），韩愈的《杂说·四》（《千里马》）以及《聊斋志异》中的狐狸故事，等等。

阅读这些动物故事，要有历史观念和批判态度。在科学水平、道德观念、生活方式等方面，古今存在明显的差别。个别的故事中存在某些思想局限，我们可以把它们看作是时代的烙印、文化的遗存。特别在环保意识上，古今有很大不同。例如打虎，在古代被当作是为民除害的英雄行为；而在今天，却是捕杀野生动物的违法活动。这是社会的进步、文明的醒觉。

本书封面上的"山海异闻"四字是王羲之的字，采自唐代《怀仁集王羲之书圣教序》。

欢迎大家对本书提出批评和建议，以助我以后修改提高。

2022 年 2 月